# Dominazione erotica e sottomissione
Vol. 6

Erika Sanders

Dominazione erotica e sottomissione
Vol. 6

Erika Sanders
Serie
Collezione di dominazione erotica

Immagine di copertina: © krivitskiy- Pixabay, 2025

Prima edizione: 2025

# Sinossi

Questo volume contiene tre titoli BDSM romantici ed erotici ad alto contenuto.

**- Dominato dal suo giovane impiegata messicana**:

Patrick possiede un negozio di frozen yogurt dove lavorano diversi dipendenti.

Tra questi dipendenti c'è una giovane donna messicana, Katy, con la quale Patrick ha fantasticato in diverse occasioni.

Un giorno, in attesa dei clienti, nasce una conversazione mai prevista o attesa da Patrick ...

**- Cagna nazista (Interrazziale):**

Parigi alla fine del 1940.

Sede della Gestapo.

Il dipartimento FEM1 è il dipartimento dove vengono interrogate le prigioniere catturate dalla Gestapo.

Vicky è il capo di un dipartimento composto esclusivamente da donne lascive che vengono informate dell'arrivo di un nuovo prigioniero ...

**- Gola profonda (BDSM):**

Julieta è un'investigatrice che per risolvere i suoi casi non esita a infrangere un po 'le regole se necessario.

Sua sorella Barbara la assume perché ha un problema di ricatto sessuale in azienda.

Vuole che Julieta trovi alcuni video BDSM compromettenti e li elimini.

Julieta, quando va a cancellare quei video, è presa dalla curiosità e inizia a riprodurli.

In loro vede sua sorella in atti sessuali BDSM che iniziano ad incuriosirlo ...

**Dominato dal suo giovane impiegata messicana, Cagna nazista (Interrazziale)** e **Gola profonda (BDSM)** sono storie con un forte contenuto erotico BDSM e, a loro volta, appartengono anche alla raccolta Erotic Domination, una serie di romanzi ad alto contenuto BDSM.

(Tutti i personaggi hanno 18 anni o più)

# Nota dell'autrice:

Erika Sanders è una scrittrice di fama internazionale, tradotta in più di venti lingue, che firma i suoi scritti più erotici, lontani dalla sua solita prosa, con il suo cognome da nubile.

# Indice:

Sinossi
Nota dell'autrice:
Indice:
DOMINAZIONE EROTICA E SOTTOMISSIONE VOL. 6 ERIKA SANDERS
DOMINATO DAL SUO GIOVANE IMPIEGATA MESSICANA (DOMINAZIONE EROTICA)
CAPITOLO 1
CAPITOLO 2
CAPITOLO 3
CAPITOLO 4
CAPITOLO 5
CAPITOLO 6
CAPITOLO 7
CAPITOLO 8
CAPITOLO 9
CAPITOLO 10
CAPITOLO 11
CAPITOLO 12
CAPITOLO 13
CAPITOLO 14
FINE
CAGNA NAZISTA (INTERRAZZIALE)
FINE
GOLA PROFONDA (BDSM)
PREFAZIONE
POCHI ANNI PRIMA
CAPITOLO 1
CAPITOLO 2
CAPITOLO 3
CAPITOLO 4
CAPITOLO 5
CAPITOLO 6
CAPITOLO 7
CAPITOLO 8
CAPITOLO 9
EPILOGO
FINE

# DOMINAZIONE EROTICA E SOTTOMISSIONE VOL. 6
# ERIKA SANDERS

# DOMINATO DAL SUO GIOVANE IMPIEGATA MESSICANA (DOMINAZIONE EROTICA)

# CAPITOLO 1

Una pioggia all'inizio della primavera ha colpito il parcheggio, abbassando la temperatura a un nuovo minimo.

All'interno della gelateria, Katy condivideva una delle tavole rotonde con il suo capo, Patrick Adams, in attesa di clienti che sapevano che sarebbe stato raro che si presentassero a causa del maltempo pomeridiano.

Le nuvole scure della tempesta hanno attivato i sensori elettronici per le luci del parcheggio, facendo luce sull'oscurità all'esterno.

All'interno della tenda ben illuminata, Patrick sorrise al leggero rossore sulle guance di Katy.

"WOW, cosa stai leggendo che può farti arrossire?"

"Porno," rispose Katy, guardandolo direttamente, anche se le sue guance erano arrossate per l'imbarazzo.

Quando Patrick rise, vide il suo imbarazzo svanire mentre i suoi occhi si socchiudevano.

"Cosa c'è di così divertente in questo?"

Patrick pensò da dove iniziare a elencare le cose divertenti che aveva la sua risposta.

Katy Gonzales aveva tutte le carte in regola per essere molto innocente.

Il suo comportamento allegro si abbinava alla sua pelle e ai suoi capelli scuri, agli occhi neri e alle macchie di lentiggini sul ponte del naso.

L'ha assunta perché era allegra e una messicana di bell'aspetto ed era quello che piaceva ai clienti della zona.

Rapida e intelligente, rideva facilmente e trattava i clienti maleducati con una pazienza che non ci si aspetterebbe da un ventenne.

Una volta ha cercato di darle un posto come ospite in una delle sue fantasie.

Accarezzando il suo cazzo duro, arrivò a immaginare i suoi seni nudi prima di arrendersi e sostituirla con qualcun altro.

Katy Gonzales era troppo brava per recitare in una delle sue delizie masturbatorie.

"Beh, come sei arrossito", ha detto.

"Allora cosa indossi quando lo fai da solo? Probabilmente i video, giusto?"

"Di solito," disse, chiedendosi se anche le sue guance stessero diventando rosa. "Allora che genere di cose stai leggendo, romanzi erotici?"

"Ehi, non sei nemmeno vicino. Dimmi che tipo di porno ti piace guardare e ti dirò cosa mi piace leggere."

Considerando le sue condizioni, Patrick si è sentito in grembo quando si è immaginato di dire la verità.

Non l'avrebbe fatto.

Non c'è modo.

"La solita roba," si coprì con quella, guadagnandosi un altro tipo di sguardo d'acciaio da lei. "Sul serio, e solo da uomo a donna. Adesso tocca a te."

La sua risposta lo sorprese.

"BDSM duro principalmente erotico".

Quando Patrick ricominciò a ridere, si guadagnò un'altra occhiata acuta, ma non poté farne a meno.

L'idea di questa ragazza dolce e innocente che leggeva qualcosa di duro era già abbastanza divertente, ma BDSM?

Ha lottato per smettere di ridere.

"Mi dispiace. Non lo so, non mi aspettavo quella risposta." Katy non sembrava ferita dalla sua risata, sembrava arrabbiata. La sua gioia svanì. "Allora qual è l'attrazione che questo ha per te?"

"Mantieni il controllo", ha detto. "Far fare alle persone le cose che voglio".

Patrick rise di nuovo.

Gli piaceva la personalità di Katy, ma era la sua etica del lavoro che aveva margini di miglioramento.

Era pigra, non ha mai mostrato un singolo tratto di leadership.

"Tipo cosa?"

"Tutto. Qualsiasi cosa," rispose Katy con un'alzata di spalle. Cose più strane, meglio è. C'era uno sguardo distante nei suoi occhi mentre guardava un punto sul muro appena sopra la sua spalla.

Rabbrividì.

"Penso che sarebbe bello avere una vera schiava del sesso."

"Be ', fammi sapere quando accetti le richieste di vecchi sulla quarantina."

Ancora una volta, la sua risposta lo sorprese.

"Ti stai offrendo?"

Patrick ha considerato a lungo la bella mora messicana.

Potrebbe essere seria?

"E se non stai scherzando?" Chiese.

"E se non fossi il signor Adams? Vuoi davvero essere uno strumento senza diritti, costretto ad adorarmi senza una promessa di liberazione e soddisfare tutti i miei desideri, non importa quanto malati o contorti possano essere?"

Sostenne il suo sguardo prima di ridere.

"Ora chi è il burlone?"

"Fammi vedere," disse, senza mai sorridere.

"Mostrarlo?"

"Mi hai sentito. Se vuoi fare questo, allora facciamolo. Fammi vedere. Proprio qui. Proprio ora."

"Impazziresti se lo facessi."

"No, non lo farei. Ma ti avrei accettato al mio servizio."

"Cosa intendi con" sarebbe "?"

Gli diede una pacca sulla mano.

"Gli schiavi devono essere forti, signor Adams."

"Stai dicendo che sono debole?" chiese, chiedendosi di nuovo se fosse un gioco.

"Sto dicendo che non sei tagliato per una vita di servizio e che lo hai appena dimostrato."

"Chiedimelo di nuovo."

"Risposta sbagliata," rise.

Gli ci volle un momento per capire perché era sbagliato.

"Mi dispiace," disse, rendendosi conto che non era compito suo chiederle qualcosa.

"Grazie, va meglio", ha ammesso.

Inclinando la testa di lato, ci pensò un attimo con un mezzo sorriso sul viso.

"Per me diventa difficile e possiamo riprovare".

Patrick sentì la sua forza di volontà svanire.

Aveva comprato un abbonamento a una palestra nella speranza di incontrare donne di livello superiore.

Per tre mesi ha lavorato sul suo corpo di mezza età.

Stringendo e tonificando il suo corpo in un modo che la versione ventenne di lui non aveva mai avuto.

Orgoglioso del suo nuovo corpo, diventava frustrato ogni volta che trascorreva del tempo con un'altra donna della sua età.

Meritava di meglio, ma tre mesi dopo era stanco.

Guardando la parte anteriore dei suoi pantaloni da lavoro color cachi, notò l'inizio di un'erezione.

"Sai che lo farò davvero bene?"

"Non vedo l'ora", ha detto, sorridendo mentre i suoi occhi lampeggiavano verso il suo inguine.

"Vuoi andare nella stanza sul retro?" chiese, sentendo la sua erezione raggiungere lunghezze accettabili.

"No. Proprio qui. Adesso. Alzati, togliti i pantaloni e fammelo vedere. Se non sei duro, l'affare è concluso."

"E se lo fossi?"

Chinandosi sul tavolo, appoggiò il mento sul palmo della mano e sostenne il suo sguardo.

"Allora è ora che suoni per me. Ora fammelo vedere, puttana."

Sul versante in discesa degli anni Quaranta, era troppo vecchio per questo.

Lo sapeva meglio di chiunque altro.

Stava rischiando la sua reputazione e il suo lavoro.

Poco più che ventenne, Katy era troppo attraente e vivace per volerlo.

Sapevo che questo era solo un gioco per lei.

E se lo avesse fatto?

Rischiare il suo futuro non lo ha fermato, anche se avrebbe potuto perdere un buon membro della squadra settimane prima che le cose diventassero impegnative.

Ma la vita è fatta di piccole scelte fatte al volo.

Lavorando sui suoi passi, si slacciò la cintura.

Anche il bottone in cima ai suoi pantaloni cachi e la aprì mentre la guardava.

Katy sostenne il suo sguardo, i suoi occhi non lasciarono mai i suoi.

Entrando nelle sue mutande, mise la mano sulla lunga e ferma verga della sua virilità.

Accarezzò lo strumento del suo piacere, chiedendosi quale sarebbe stata la sua reazione.

Sebbene non fosse benedetto dalle proporzioni da pornostar, Patrick non si vergognava della sua lunghezza o circonferenza.

Sapeva di avere più della maggior parte e quelli con più di lui erano pochi.

Lasciando che la testa di sotto prendesse la decisione finale, si alzò.

Gli occhi di Katy seguirono i suoi mentre si alzava.

Patrick si guardò intorno nel parcheggio buio e vuoto.

Qualcuno poteva camminare vicino alle finestre, ma nessuno l'aveva fatto nell'ultima ora.

Si è abbassato i pantaloni e i boxer, esponendo il suo cazzo duro alla giovane donna.

In piedi con le mani sui fianchi nudi, annuì.

Lo sguardo di Katy scivolò lungo il suo corpo finché i suoi occhi caddero sulla sua mascolinità gonfia.

Il cenno del capo che le rivolse il suo sguardo fu involontario.

La sua espressione seria non cambiava mai, anche se lui vide le pupille dei suoi occhi spalancarsi.

Lui sorrise.

"Adesso stronzo," gli disse.

"Qui adesso?"

I suoi occhi tornarono a quelli di lui, stretti e intensi.

"Non mi sono espresso molto bene?"

Dopo aver dato un'altra occhiata al parcheggio, ha dato al suo cazzo duro alcuni colpi di prova.

Sì, era duro, ma era abbastanza eccitato da produrre rapidamente un orgasmo?

Continuava ad accarezzare.

Lo fissò, osservando la sua mano muoversi con lo stesso sguardo imparziale sul suo viso, come se lo stesse guardando leggere o compilare documenti.

Eppure lo stava guardando.

Sentì un'emozione attraversarlo, spingendolo ad andare avanti.

Ripensando al parcheggio vuoto, guardò oltre le macchine che passavano per il centro.

Questo è stato folle.

Qualcuno potrebbe vedere.

Non dall'autostrada, ma se fossero arrivati in centro, lo avrebbero fatto.

All'interno del negozio brillantemente illuminato, sarebbe stato esposto a qualsiasi madre che facesse commissioni mentre i bambini studiavano o pensionati troppo annoiati per guardare la TV.

E i tuoi vicini?

Ha lavorato sul suo cazzo più velocemente.

Prima veniva, prima poteva vestirsi.

Sentì crescere la sua eccitazione.

Era vicino, arrivando più velocemente di quanto si aspettasse.

Una settimana di celibato involontario ha lavorato a suo favore.

"Così vicino," mormorò.

"Vieni sul tavolo," disse Katy, osservando la sua espressione tanto quanto le sue mani che lavoravano sul suo cazzo duro.

C'era un accenno di sorriso all'angolo destro della sua bocca e uno scintillio nei suoi occhi azzurri mentre raggiungeva il picco.

Il suo cazzo è esploso, spruzzando il suo orgasmo in una linea sciolta da un'estremità all'altra del tavolo.

La risata di Katy non era la reazione che si aspettava.

"È stato bello", ha detto. "Ora leccalo."

Dopo un ultimo brivido di piacere gli corse lungo le spalle, Patrick la fissò con occhi spalancati e sopracciglia inarcate.

Guardò il suo seme disposto in un flusso ondeggiante di linee gocciolanti e piccole pozzanghere sul tavolo di finto marmo.

Sapeva che il tavolo era pulito, era meticoloso nel mantenere puliti i suoi affari.

Il suo ampio sorriso le disse tutto quello che aveva bisogno di sapere.

Non pensava che l'avrebbe fatto.

Con i pantaloni e le mutande ancora intorno alle ginocchia, tenendo il suo cazzo duro, si chinò e leccò il casino che aveva prodotto.

Ha lavorato da un'estremità all'altra del tavolo, testando il piano in formica e il seme espulso.

Alzò lo sguardo ed esaminò il parcheggio e la porta d'ingresso.

Nessuno l'aveva visto.

Dopo aver finito, esitò prima di tirarsi su i pantaloni.

"Posso vestirmi?"

"Impari velocemente", ha detto.

Gli afferrò le palle, guardando la sua mano che le accarezzava per un momento prima di guardarlo.

"Se lo facciamo, questo lo possiedo. Sei sicuro che sia quello che vuoi?"

"Sì signora."

Gli accarezzò il cazzo ancora duro.

"Mettiti contro quel muro e aspettami", disse, come se avesse deciso.

Con i pantaloni ancora intorno alle ginocchia, esposto a chiunque potesse guidare o passare davanti al suo negozio, Patrick si spostò dove lei gli aveva indicato.

Da dietro il bancone, Katy prese il cellulare dalla borsa.

I telefoni cellulari non erano ammessi durante l'orario di lavoro.

Accendendolo, ha puntato la sua macchina fotografica su di lui e ha scattato una foto prima di spostarsi per stare di fronte a lui.

"Vestiti," disse, tornando a sedersi al tavolo.

Patrick si rimise i vestiti e la raggiunse.

Il telefono di Katy mostrava un'immagine di lui in piedi accanto al logo dipinto sul muro.

Sotto l'immagine c'erano due pulsanti, salva ed elimina.

Gli mise il telefono davanti.

"Ora la tua scelta. Un pulsante porta alla tua distruzione. L'altro?" Ha alzato le spalle. "Immagino che l'altro significhi che ho appena ricevuto uno spettacolo gratuito."

"La mia distruzione?"

Katy coprì il telefono con la mano.

"Dico sul serio, signor Adams. Il mio ruolo diventa trovare i tuoi limiti e spingerti oltre. Più ti agiti, più diventa divertente per me. La disciplina è solo una parte dell'accordo. Se fallisci, ti mando quella foto alla sede aziendale ".

"Tuttavia, è un gioco di sesso, giusto?"

"Per uno di noi, lo sarà."

Quando ha spostato la mano, ha premuto il pulsante Salva.

# CAPITOLO 2

"Umbrella è la tua parola sicura," disse, prendendo il telefono dal tavolo e mettendolo in tasca.

Spiegò cosa significava una parola sicura, come l'avrebbe chiamata l'unica Signora quando erano soli, e la differenza tra vivere nel mondo ed essere "del" mondo.

"Vivi in questo mondo, ma non sei più suo. Non hai diritti. Nessuno dovrebbe sapere del nostro accordo. Menti a tutti tranne che a me."

Man mano che procedeva nel suo elenco di istruzioni e regole, cominciarono i dubbi di Patrick.

Aveva chiaramente pensato a questo in modo molto più dettagliato di quanto avesse immaginato.

Quando ha finito, ha tirato fuori di nuovo il telefono con la foto di lui in piedi davanti al logo.

Di nuovo, c'erano due opzioni, aumentare o annullare.

"Se premi Carica, viene salvato in una cartella privata su Internet. Se premi Annulla, elimineremo l'immagine dal mio telefono e dimenticheremo tutto".

Esitò prima di premere il carico.

"Sei una stupida, fottuta puttana," disse, ridendo e tornando al bancone.

Ha pensato che stesse mettendo via il cellulare.

Invece, riportò la sua borsa al tavolo e si sedette.

"Puoi diventare di nuovo duro?"

"Sì," disse, l'anticipazione del suo prossimo ordine lo eccitava.

"Bene. Butta via le mutande, non ne avrai più bisogno e fammi vedere quanto puoi rimetterti."

Riconoscendo la sua mancanza di scelta in materia, Patrick si tolse le scarpe, si tolse i pantaloni e la biancheria intima e gettò via i boxer.

Seduto senza niente accanto a lei, si strofinò di nuovo il cazzo.

Non ci è voluto molto.

"Bene. Mettiti i pantaloni nel caso entri qualcuno."

Sollevato dal fatto che gli fosse permesso di vestirsi, si rimise i pantaloni.

"Grazie padrona," mormorò, usando il suo nuovo titolo per la prima volta.

Sotto la parte anteriore pieghettata, la sua erezione era ancora evidente.

"Hai una fotocamera sul tuo telefono?"

"Sì, padrona."

"Bene. Quindi devi mandarmi una foto del tuo cazzo duro ogni cinque minuti. Esattamente ogni cinque minuti. E non una foto di lei attraverso i tuoi pantaloni, ma del tuo pene nudo, capito?" Tenendo la borsa, tirò fuori le chiavi della macchina e si alzò.

Patrick annuì.

"Dove stai andando?"

"Non puoi più chiedermelo, puttana."

"Mi dispiace, padrona," disse, chiedendosi come potesse essere ancora il suo capo al lavoro.

È ancora valido?

Cercando nel menu del telefono, trovò un timer e lo impostò per cinque minuti.

Perso nei suoi pensieri, ha dovuto ravvivare la sua erezione per la sua prima foto.

Annoiato, attraversò il negozio, camminando avanti e indietro finché non passarono altri cinque minuti.

Questa volta, la sua erezione stava aspettando la sua foto.

L'ha aperta, ha tirato fuori il suo pene, ha scattato la foto ed era impegnato a inviarla quando alcuni fari si sono spostati attraverso il parcheggio.

Si rese conto di essere in vista della macchina con il suo cazzo duro che sporgeva dai pantaloni.

Voltò le spalle alla finestra, finì di inviare il messaggio e rimise a posto il suo cazzo.

Durante i successivi avvisi sul suo timer, è rimasto cauto.

Nove volte, ha inviato a Katy le foto del suo cazzo duro.

Dopo il secondo, ha allontanato il resto dalla relativa privacy del suo back office, sicuro di essere al sicuro da occhi indiscreti.

Si stava preparando a scattare la sua decima foto del pomeriggio quando la porta di servizio si aprì.

Allontanandosi dalla porta aperta, armeggiò con il telefono e nascondendo il suo cazzo, lasciando cadere il telefono sul pavimento prima di sentire la risata di Katy.

"Voltati e basta," disse.

Lo fece, il suo cazzo duro spuntava dalla sua apertura.

Vide il sorriso felice sul suo viso ed era bello essere parte di lei.

Camminando intorno a lui, Katy fece scorrere le mani sul suo corpo.

Gli afferrò i pettorali, gli strinse il culo e, per qualche motivo, gli pizzicò un'orecchio.

In piedi di fronte a lui, gli accarezzò il cazzo duro.

Era strano avere questo suo giovane impiegato che lo toccava così intimamente.

Molti centimetri più corto di lui, lo guardò strofinarsi il cazzo.

"Sei stato un bravo ragazzo," disse. "Ogni cinque minuti, proprio in quel momento, mi hai mandato una foto. Questo merita una ricompensa. Lo sapevi che amo succhiare il cazzo, signor Adams?"

"No, padrona," disse, il cazzo che gli pulsava dentro la mano.

"Mm sì. Adoro la sensazione di un bel cazzo lungo e duro tra le mie labbra. Conosci la parte migliore del succhiare il cazzo, signor Adams? Sentirlo esplodere nella mia bocca. Cazzo, amo quella sensazione. Io Mi bagnavo solo a pensarci. Sarebbe una bella ricompensa, signor Adams? Vorresti sentire le mie labbra calde e umide attorno al tuo cazzo duro?

"Sì, padrona," disse, anche se era sicuro che il suo cazzo pulsante fosse la risposta per lei.

"O forse preferiresti vedermi nudo. Ti piacerebbe, signor Adams? Vuoi vedere come sembro nudo? So di non avere grandi tette, ma sono sode e i miei capezzoli sono molto lunghi. Tutti amano i miei capezzoli. Ti piace il Figa rasata? È così che mantengo la mia bella e liscia. Vuoi vedermi nudo, signor Adams? "

Sentì la bocca seccarsi.

Lo stava tradendo?

C'era una risposta migliore di un'altra?

"Sì, padrona," ripeté, eccitato dall'idea.

"Hm, cosa dovrei fare, signor Adams? Devo succhiarti o devo farti vedere nudo?"

Il suo bisogno era cresciuto molto.

Costretto a scegliere, scelse per sé la risposta che includeva un orgasmo in bocca.

Lo guardò con le sopracciglia inarcate, in attesa di una risposta alla sua domanda.

"Un pompino andrebbe bene, signora."

"Risposta sbagliata," disse, continuando a strofinarla. "Ti va di provarlo una seconda volta?"

"Vederla nuda sarebbe un privilegio, signora," si corresse rapidamente.

"È vero, dovrebbe essere un privilegio vedermi nudo, ma è comunque la risposta sbagliata."

Patrick si sentiva perso e confuso.

Come potrebbero essere sbagliate entrambe le risposte?

Ignorando lo sguardo confuso sul suo volto, si fece avanti.

"Mettiti a nudo," gli disse, facendo un passo indietro e osservandolo mentre si spogliava.

Si è tolto di tutto, dalla maglietta con il logo alle scarpe e ai calzini.

"Va bene, ora piegati e prendi le caviglie."

Ha fatto quello che gli è stato detto, non sapendo cosa aspettarsi finché non è successo.

Usando una delle spatole con il manico lungo usate per pulire le macchine per lo yogurt, Katy lo sculacciò.

Lo strumento da ristorante ha prodotto un forte botto mentre rimbalzava sul suo sedere sinistro.

Un attimo dopo, sentì il pungiglione del suo attacco.

Lo seguì con un secondo colpo alla natica destra.

Ancora una volta, ha sperimentato un momentaneo ritardo prima che il suo corpo registrasse il dolore del colpo.

Più e più volte, lo colpì, alternando glutei e posizioni precise finché il suo sedere non si sentì caldo e bruciante.

Sussultava a ogni colpo alla schiena.

Alla fine si è fermato.

"Tieni gli occhi in avanti", ordinò.

Rimase bloccato sul posto, incapace di vedere o indovinare cosa stesse facendo finché non lo sentì.

Stava premendo qualcosa contro il suo ano.

Non sapevo di cosa si trattasse.

Immaginò che non fosse un dito e lei l'aveva lubrificato in qualche modo.

Si sentiva a disagio, ma era magro e lei è stata gentile a lavorarlo nell'ano.

"Tienilo lì o ti picchio di nuovo", disse, risolvendo il mistero.

Le aveva spinto il manico della spatola su per il culo.

Quando lo ha rilasciato, lo ha sentito minacciare di scivolare via dal suo sedere e lo ha spremuto, desiderando che rimanesse al suo posto.

Si mosse di fronte a lui, afferrandogli il mento e voltandogli il viso.

Ha risolto un secondo mistero per lui.

"La risposta corretta è stata 'Qualunque cosa tu voglia, padrona.' Si tolse il giocattolo improvvisato dal sedere e lui la sentì gettarlo nel lavandino. "Puoi restare nudo. Potrei decidere di ricompensarti più tardi."

"Grazie signora," disse, sentendosi vulnerabile ed esposto.

Il campanello suonò e Katy si fece avanti, lasciandolo.

La ascoltò parlare al cliente con la sua solita allegria.

Sperando che andasse bene, si alzò.

Il culo gli faceva male, ma il suo cazzo era ancora duro.

Trascorse il resto della giornata nascosto nella stanza sul retro.

Alla fine della giornata, è tornata a casa bisognosa di un orgasmo e con una lista delle scorte in tasca.

"Ti chiamo domani e inizieremo il tuo addestramento", disse, lasciandolo nudo nel retrobottega del negozio.

# CAPITOLO 3

Erano le undici e mezzo del mattino quando il suo telefono squillò con un messaggio di Katy che chiedeva il suo indirizzo.

A mezzogiorno, è apparsa sul suo gradino.

Patrick aveva completato la sua lista, si era rasato il cazzo e le palle ed era impaziente quando le aprì la porta.

In piedi nel piccolo corridoio, lo esaminò, passandogli una mano sui pantaloni sulla carne rasata.

Il suo cazzo danzava per attirare l'attenzione.

"Hai bisogno?" lei chiese.

"Sì, padrona." Era così.

Aveva trascorso la notte e la mattinata eccitato e duro.

"Vuoi un orgasmo?"

"La sua volontà, padrona," disse, attento a non ripetere l'errore di ieri.

La vide sorridere, cogliendo la sua attenta risposta.

"Impari in fretta," disse, afferrandolo per il cazzo e guidandolo alla loro casetta.

Era la sua prima visita e le fu dato un tour del bungalow con due camere da letto e due bagni.

Lo spingeva dietro di sé mentre si spostava da una stanza all'altra.

Vivendo da solo dopo il divorzio, Patrick ha mantenuto il suo spazio meticolosamente pulito.

Si fermò davanti alla cassettiera.

"Apri il cassetto della biancheria intima."

Quando lui aprì il primo cassetto, lei scosse la testa.

"Cos'è questo?" chiese, alzando un paio di boxer.

"Biancheria intima?" ha risposto confuso.

"Non ti avevo detto che non avresti più avuto bisogno di loro?"

"Sì, padrona," disse, dimenandosi.

Era a casa da meno di dieci minuti e lui l'aveva già delusa.

"Che tipo di uomo piega le mutande?" chiese, tirando fuori ogni paio di boxer e gettandoli attraverso la stanza.

Lasciandolo in piedi nella sua stanza, tornò dalla stanza principale con il pacchetto di mollette dalla lista della spesa.

Aprendo il pacchetto di clip di plastica, iniziò ad allacciare le clip color arcobaleno sulle sue palle una dopo l'altra.

Il dolore era squisito.

Mentre aggiungeva ogni clip, il suo cazzo oscillava e pulsava.

"Ecco qua," disse, appoggiandosi allo schienale per ammirare il suo lavoro. "Dieci paia di mutande. Dieci mollette. Ora raccogli i boxer con i denti e gettali via."

Patrick si mise a quattro zampe e strisciò attraverso la sua stanza.

Uno per uno, ha preso un paio di boxer con la bocca, li ha portati nel cestino nell'angolo e li ha lasciati cadere dentro.

Le mollette sulle sue palle sembravano punture di api, ma il suo cazzo rimase duro.

Era nell'ultimo paio quando una delle mollette uscì dalle sue palle.

Ogni speranza che lui aveva che lei non se ne accorgesse o che non le interessasse scomparve rapidamente.

"Inutile bastardo," disse, sollevando il fermaglio di plastica. "Alzarsi."

Ce l'ha fatta.

Ha sostituito il morsetto e ne ha aggiunto uno in più a ciascuno dei suoi capezzoli.

"Aspetta qui," ordinò, tornando di nuovo nell'altra stanza.

Girandolo, usò un pezzo di corda per legargli le mani dietro la schiena.

Poi, gli avvolse una sciarpa intorno agli occhi, accecandolo.

Con le mani sulle sue spalle, lo fece voltare e lo appoggiò al muro.

Era in piedi e ascoltava attentamente.

La sentiva ancora davanti a sé.

Se guardavo oltre il ponte del suo naso, poteva vedere il suo cazzo duro, le mollette sul suo corpo e i suoi piedi.

Sentendo qualcosa di morbido contro le dita dei piedi, abbassò lo sguardo e vide un paio di mutandine appoggiate sulle sue dita.

Un attimo dopo, sono stati raggiunti da un reggiseno.

Il suo cazzo pulsò quando si rese conto che anche Katy si era spogliata e l'aveva sentita andare a letto.

Combatté l'impulso di sollevare il mento in modo da poter vedere il suo letto.

Ascoltando, sentì i suoi morbidi gemiti di piacere e il suono leggero e umido delle dita che sfregavano una figa.

La sentì sussultare quando un orgasmo la raggiunse.

Quando gli mise due dita in bocca, lui assaggiò il suo sesso per la prima volta.

"Quando sarai pronto per provare a servirmi adeguatamente, sarò in soggiorno. Togliti quella merda e unisciti a me."

Guardando oltre il ponte del suo naso, la vide prendere le mutandine e il reggiseno prima di sentirla lasciare la stanza.

# CAPITOLO 4

Quando muoveva le mani, era facile per lui annullare il lavoro che aveva fatto sculacciandogli i polsi.

Trovava interessante il fatto che lei non lo avesse legato più stretto.

Mani libere, si tolse la benda.

Il pacchetto aperto di mollette era ancora sul letto.

Si tolse le dodici pinzette che indossava, le rimise nella borsa e andò nell'altra stanza.

Trovò Katy nuda al tavolo della sala da pranzo dove aveva messo le provviste sulla sua lista.

Il suo fondoschiena scuro e compatto era abbronzato come la sua schiena.

Si voltò quando lo sentì.

"Stai bene," disse sorridendo.

"Grazie padrona," disse.

Il suo cazzo pulsava mentre si divertiva a vederla così meravigliosamente nuda.

"Le palle fanno male?"

"Un po '," ammise.

"Rilassati," disse, aprendo un paio di pacchi. "Questo dovrebbe essere divertente, ricordi?"

Voleva chiedere chi, ma rimase in silenzio.

Tanti giocattoli, rifletté.

Quando lei lo guardò, i suoi occhi bevvero della bellezza del suo corpo giovane e nudo.

Ammirava i suoi seni sodi e sodi e i capezzoli lunghi e duri che si stagliavano orgogliosamente fuori da quelle onde gemelle.

Sotto il suo ventre piatto, vide che era rasata.

La sua figa sembrava gonfia per il suo recente orgasmo.

"Hai qualcosa da mangiare qui intorno?" chiese, voltandosi e dirigendosi verso la sua cucina.

Aprì il frigorifero come se fosse suo.

Mettendo da parte due tazze di yogurt, frugò nei cassetti della cucina finché non trovò due cucchiai.

Tirandone sopra uno, lo tenne davanti al suo cazzo.

"Masturbarsi," gli disse.

Bisognoso, Patrick iniziò ad accarezzargli il cazzo.

Lo guardò con uno sguardo di soddisfazione negli occhi.

"Vaffanculo, sei sexy," disse.

Mentre il suo orgasmo si avvicinava, puntava la testa del cazzo verso il contenitore di yogurt aperto.

Non aveva bisogno che le dicesse che era lì che voleva il suo orgasmo.

La forza del suo orgasmo agitò lo yogurt.

"Bene", ha detto, mescolando lo yogurt prima di consegnarlo con il cucchiaio ancora nella tazza.

Prese l'altro dal bancone.

"Vai avanti. Divertiti," disse, mettendosi lo yogurt a cucchiaio, senza mescolarlo, in bocca.

Patrick ha mangiato il suo, consapevole che stava mangiando il suo sperma allo stesso tempo.

Era umiliato ed eccitato dall'idea.

Gli occhi di Katy danzavano su di lui tanto apertamente quanto i suoi occhi la assorbivano.

"Come è lo yogurt?" lei chiese.

"Bene", ha detto, non sicuro di aver assaggiato lo sperma.

"Quanto tempo passerà prima che diventi duro di nuovo?"

"Non lo so," ammise.

Il suo cazzo aveva perso la sua fermezza, ma era ancora grasso e di aspetto pieno.

"Ti torturerò finché non sarai di nuovo duro," disse prima di ficcarsi un altro cucchiaio di yogurt tra le labbra.

Si chiese se potesse sembrare ancora più eccitante.

"Come desideri, padrona," rispose, sperimentando uno strano mix di paura ed emozione.

# CAPITOLO 5

Finito lo yogurt, trovò un bicchiere alto nella credenza e lo riempì d'acqua.

Si rese conto di come aveva acceso il filtro dell'acqua prima di riempire il bicchiere.

Glielo porse e lei gli disse di bere.

Dopo aver ingoiato il bicchiere d'acqua, lei lo riempì di nuovo.

"Ancora."

Le ci volle più tempo per bere il secondo grande bicchiere.

Riempì il bicchiere per la terza volta.

"Prenditi il tuo tempo", ha detto, "non è una gara."

Bevve un sorso d'acqua, sentendosi gonfio dai primi due bicchieri.

Seduta al tavolo, prese la corda più sottile della sua lista.

Era un quarto di pollice di nylon.

Con le forbici ha tagliato un metro di lunghezza e poi ha aperto una confezione di accendini.

Avvolgendo con cura l'estremità tagliata della corda sulla fiamma, ha fuso insieme i fili.

Patrick era affascinato.

Avvicinandolo, gli avvolse un anello di corda attorno alle palle.

Mentre guardava, lei fece una singola bobina, fece passare l'estremità tagliata attraverso la bobina, intorno alla lunghezza della corda, e indietro attraverso la bobina.

"Si chiama nodo della bolina", le disse. "È buono per due ragioni. Primo, perché è facile da sciogliere. Secondo, una volta fatto, non si stringerà".

Strinse la corda intorno alla parte superiore della sua sacca di palline e finì il nodo.

Era stretto, ma non ha interrotto la circolazione.

"Vedi?" lei chiese.

Quando ha tirato la corda, è stato costretto a spostarsi verso di lei.

Creando una seconda bolina all'estremità opposta della corda, formò un secondo anello.

Sussultò quando lei tirò la corda.

"Perfetto. Adesso girati e piegati, stavo aspettando di mettere alla prova questo ragazzaccio."

Prima di voltarsi, Patrick la vide raccogliere la pala di cuoio che era sulla sua lista.

Molti degli articoli sulla sua lista richiedevano una visita a un negozio specializzato in una parte sgradevole della città.

Il negozio offriva in particolare tatuaggi, piercing, una linea completa di accessori per il "tabacco" e un'area per soli adulti che presentava una vasta gamma di ausili per il "matrimonio".

Insieme all'atteso assortimento di vibratori, dildo, plug e lubrificanti, c'era un'intera sezione dedicata a fruste, catene, pagaie, accessori in pelle e altri oggetti che lo riempivano di terrore tanto quanto lo avevano eccitato.

Dopo una giornata passata in giro da Katy, l'aveva trovato molto eccitante.

Fu lì che trovò la corda, la cazzuola e tante altre cose depositate sul tavolo.

Katy lo ha colpito con la pala, colpendolo più e più volte fino a quando il suo culo è diventato caldo come ieri.

La pala copriva entrambe le natiche, sebbene dimostrasse la sua mira alternandole.

Rideva mentre lavorava e quando si fermò il suo sedere era bruciante e tenero.

"Sei già duro?"

"No Ama", ha riferito.

Lo ha colpito di nuovo.

"Bevi ancora un po 'd'acqua, riposati e ci riproveremo tra qualche minuto."

In piedi al tavolo, la guardò misurare corde più spesse.

Dopo aver tagliato lunghezze diverse, ha sciolto le estremità prima che potessero sfilacciarsi.

"Lavorare con le corde è un'arte." Ha parlato delle pagine web dedicate alla pratica e di come si esercitava con la sua ragazza. "Non l'ho mai tradito prima e abbiamo suonato solo con una corda", ha spiegato. "Non è molto brava a legare, ma è stata così gentile da lasciarmi praticare. E penso che le sia piaciuto."

Raccogliendo le corde, trascinò una sedia dal tavolo nel soggiorno.

Fece sdraiare Patrick sul sedile sul petto e sullo stomaco.

Lavorando velocemente con le corde, legò i polsi a due gambe e fece lo stesso con le ginocchia, lasciando la schiena esposta a lei.

Inginocchiandosi di fronte a lui, gli offrì da bere dal suo bicchiere d'acqua.

"Bevi", gli disse, versando l'acqua più velocemente di quanto lui potesse bere.

Muovendosi dietro di lui, tirò la corda che ancora pendeva dalle sue palle.

Patrick non aveva il potere di impedirle di farlo.

"Sei già duro?"

"No Mistress," disse, chiedendosi come avrebbe potuto diventare duro se lei gli avesse fatto del male.

"Ah, è molto triste," disse, tornando al tavolo per prendere una pala.

Gli diede un paio di colpi, recuperando rapidamente il dolore lancinante della sua precedente sculacciata.

"E adesso?"

"No Mistress," ripeté, sentendosi impotente.

"Forse questo aiuterà."

Patrick sentì un dito infilarsi nella sua schiena scoperta.

Ha spinto più in profondità che poteva.

Tirando fuori il dito, lo fece di nuovo con un secondo dito.

Ha attorcigliato le dita, allungandolo e lubrificandolo.

Ha sostituito le sue dita con un butt plug.

Allungandosi tra le sue gambe, gli accarezzò il cazzo.

Le sue dita erano ancora scivolose a causa del lubrificante.

Lo strofinò finché il suo cazzo non fu di nuovo duro.

"Molto meglio," disse.

In piedi di fronte a lui, prese i suoi vestiti dal divano dove li aveva lasciati.

Lo ha messo.

Fermandosi per dargli un altro sorso d'acqua, gli diede una pacca sulla testa.

"Non andare da nessuna parte," disse e lui la sentì allontanarsi.

# CAPITOLO 6

Patrick non sapeva quanto tempo aveva passato legato alla sedia con il tappo nel culo.

Supponeva che ci volesse mezz'ora, ma non aveva modo di misurare il tempo.

Ha cercato di contare, segnare il tempo ma ha trovato difficile farlo in modo coerente.

Contando lentamente, raggiunse le seicentodue volte, ma sapeva di aver perso il conto altre due volte quando pensava che sarebbe tornata presto.

E non era sicuro di quanto tempo avesse aspettato prima di iniziare a contare.

Un po 'di tempo, ne era sicuro. Cinque minuti? Dieci?

Il culo le faceva male per la sculacciata.

Il suo cazzo è rimasto gonfio.

Cazzo, era così carina.

Dov'era?

Quando tornerei?

Hai davvero giocato alla cravatta con la tua ragazza?

Quale ragazza?

Hanno fatto a turno legandosi in questo modo?

Ha ricominciato a contare.

Quando raggiunse i trecento, decise che sarebbero passati altri cinque minuti.

Era distratto dalla necessità di urinare.

Era di questo che parlava l'acqua?

Ha ricominciato a contare, dapprima da trecentouno e poi ha deciso che non aveva importanza.

Ha iniziato di nuovo l'account da uno.

Il naso di Patrick prudeva.

Lo spostò il meglio che poteva.

E se gli fosse successo qualcosa?

Chi lo troverebbe così e quanto tempo ci vorrebbe?

Poteva urlare, ma non ancora.

Iniziò a contare ad alta voce.

"Uno due tre ..."

Ha colpito di nuovo seicento.

Perso in pensieri preoccupati, si rese conto che non era più duro.

Dannazione, non poteva lasciare che lei lo trovasse così.

Voleva che il suo cazzo ricrescesse.

Immaginava il corpo nudo di Katy, il suo bel culo e le sue tette vivace.

Dannazione, doveva fare pipì.

I suoi capezzoli erano così grassi e grandi.

Come le hai nascoste quando eri al lavoro?

Rise, immaginandola mentre camminava attraverso il reparto cibo surgelato di un negozio di alimentari.

Dannazione, sarebbe un grande spettacolo!

Quando ha iniziato a contare di nuovo, ha flesso il suo cazzo con ogni numero.

In parte perché doveva urinare e in parte per rimanere duro.

Si stava avvicinando al centinaio quando sentì la porta d'ingresso aprirsi.

"Ah, mi aspettavi", disse. "Sei ancora duro, spero?"

"Sì, padrona," disse, sollevato di sentirla.

Katy ha sciolto le corde.

"Bene, alzati, scrollati di dosso e diamo un'occhiata."

Sebbene le corde non gli impedissero mai la circolazione, gli ci volle un momento per rimettersi in piedi.

Il suo cazzo duro si alzò con orgoglio.

"Mm, sembra buono," disse, massaggiandolo.

Stava mangiando una mela.

"Ne vuoi un po?" lei chiese.

Ha strofinato la mela contro il suo cazzo e le palle prima di offrirgliela per un morso.

Qualsiasi lubrificante che era su di lui doveva essere stato assorbito dal suo cazzo, ma il simbolismo non era perso su di lui.

"Assetato?" gli chiese, strofinando di nuovo la mela sul cazzo prima di dare un secondo morso.

"No, padrona. Ho bisogno di fare pipì."

"Scusate?"

"Scusa, posso aspettare."

"Tieni, bevi un po 'd'acqua," disse, porgendogli il bicchiere.

Ha preso un sorso.

"Ah, puoi bere di più," insistette.

Prese un altro sorso.

"Dai, ancora un po '."

Usando la corda attaccata alle sue palle come guinzaglio, lo condusse in cucina, aprì l'acqua e gli riempì il bicchiere.

Il suono dell'acqua corrente aumentò la sua voglia di urinare.

Sorrise quando lui si dimenò.

"Qualche problema?"

"Devo davvero andare", ha ammesso.

"Scusate?" chiese, lasciando scorrere l'acqua.

Lui annuì.

Gli porse il bicchiere e gli disse di bere di nuovo.

Mentre sorseggiava l'acqua, lei aprì il congelatore, prese un paio di cubetti di ghiaccio e li gettò nel bicchiere.

Tirandogli il guinzaglio, lo ricondusse nel loro soggiorno.

"Avrò bisogno del tuo aiuto con questa posizione", ha detto.

Lo fece sdraiare sul pavimento, rannicchiarsi e appoggiargli le ginocchia sulla testa come se fosse stato preso nel mezzo di una capriola.

"Perfetto!" gli disse, accarezzandogli il culo.

Rendendogli le cose più facili, appoggiò la schiena contro la parte anteriore del divano.

Mentre la posizione era scomoda, non era scomoda.

Spostando la sedia vicino alla sua testa, gli frustò le ginocchia e lo bloccò in posizione.

Sorridendo, gli accarezzò il fondo delle palle.

"Confortevole?"

"Non proprio," disse, preoccupato che lei lo avrebbe lasciato così.

"Ah, ma è così divertente," disse, tirando fuori il giocattolo dal sedere.

Ritornando al tavolo, è tornata con un dildo lungo e sottile e altro lubrificante.

Applicando un po 'di lubrificante al giocattolo, glielo spinse su per il culo.

"Vedi? Non è divertente?"

Patrick non ha risposto.

Il suo cazzo era duro, puntato direttamente al suo viso, e aveva ancora bisogno di fare pipì.

Spingeva il giocattolo su e giù, come se stesse agitando il burro.

"Andiamo, ammettilo così."

Dal momento che non lo fece, lei aggrottò la fronte.

"Scommetto che posso colpirti così anche io." Si alzò, prese la pala e gli colpì il tenero culo. "Così va meglio?"

"Non padrona ".

"Ma non è questo quello che volevi? Hai detto che volevi essere controllato, giusto?"

"Sì, padrona."

"Usato. Umiliato. Abusato?"

"Sì, padrona."

"Legato, ignorato o qualunque altra cosa tu scelga di fare, giusto?"

"Sì, padrona."

"Bene. Hai ancora bisogno di fare pipì?"

"Sì, padrona."

"Quanto volete?" chiese, sollevando il bicchiere di acqua ghiacciata e appoggiandolo sul fondo del suo sacchetto di palline.

"Molti", ha detto, costringendosi a fermare il flusso.

"Allora vai avanti," disse, con un largo sorriso diabolico sul viso.

Patrick ha combattuto l'impulso dentro il suo corpo, rimpiangendo tutto.

Se avesse fatto la pipì adesso, avrebbe fatto pipì sulla sua faccia e sul suo tappeto.

La sua parola sicura gli venne in mente e si mosse sulle sue labbra.

"Fermati ..." disse, facendo una pausa prima di dire qualcos'altro.

"Sì?" chiese, ora più felice che mai. "Ti ho già rotto?"

Mosse il bicchiere intorno alle sue palle, stuzzicandolo con la sua fresca umidità.

Gli schizzò dell'acqua sul viso.

Dalla cucina poteva ancora sentire l'acqua che scorreva dal rubinetto.

"Forse questo aiuta invece?" gli chiese, afferrandogli il cazzo e accarezzandolo. "Se ti sborro in faccia, forse ti slegherò prima che tu stesso ti pisci."

Patrick avrebbe voluto che fosse così facile, ma quel ponte è già stato attraversato dal suo corpo.

Il suo bisogno era liberare la vescica, non le palle.

"Per favore, padrona," la pregò.

"La tua parola sicura è 'ombrello'", le ricordò. "Dillo e ti slegherò. Dillo e tutto sarà finito."

Patrick gemette.

Non l'avrebbe detto.

Non poteva.

Non avrebbe vinto.

"Vaffanculo," disse.

"Oh risposta sbagliata," disse, versandogli l'acqua ghiacciata.

Cubetti di ghiaccio gli rimbalzarono sulla faccia mentre l'acqua gli schizzava contro.

Lei rise.

"Sono molto paziente", ha detto.

Mettendo da parte il bicchiere, iniziò a togliersi i vestiti.

Nuda, gli stava a cavalcioni.

"Tutto questo parlare di urinare mi ha fatto venire voglia di farlo."

Sollevò il bicchiere, lo tenne tra le gambe e liberò la vescica.

Guardò il bicchiere riempirsi della sua urina.

Ha sentito il tonfo che ha prodotto.

Era troppo per lui.

Urinò, spruzzandosi il viso con il torrente caldo e umido.

L'urina calda le schizzò nella bocca e nel naso.

Quando ansimò per respirare, se lo portò alla bocca.

Incapace di fermare, rallentare o controllare il flusso, le è entrato negli occhi e nei capelli e quando ha cercato di voltare la testa dall'altra parte, nelle orecchie.

Il peggio fu quando gli si sollevò dal naso, costringendolo ad ansimare per respirare e sputargliela dalla bocca.

La sua corrente diminuì finché l'ultima parte debole del suo bisogno gli spruzzò il collo e il petto.

Ridendo, Katy capovolse il bicchiere e ci fece la pipì sopra.

# CAPITOLO 7

Le sue abili dita sciolsero i lacci attorno alle sue ginocchia.

Gli permise di srotolarsi, ma lo tenne disteso sul tappeto bagnato.

Le sue mani lo guidarono mentre teneva gli occhi chiusi per l'urina sul viso.

Lo girò, si sdraiò e lo sentì inginocchiarsi sulla sua testa.

Lanciò un'occhiata e la vide a cavalcioni sulla sua testa.

"Apri la bocca," disse, premendo la fica contro il suo viso.

"Wow, ancora un po '," disse, spruzzando un ultimo getto di urina nella sua bocca prima di strofinarlo contro la sua faccia.

Disteso in una pozza di urina, le ha leccato la figa, leccandole e succhiandole il clitoride e le labbra nude mentre il suo cazzo pulsava per un bisogno diverso.

Umiliata, piena di vergogna, bagnata e sentendosi sporca, desiderava ancora un orgasmo che solo lei poteva permettere.

Ridendo e urlando, è venuta.

"Dannazione, signor Adams, sei bravo!"

Ancora accecata dall'urina sul suo viso, aiutò Patrick a rimettersi in piedi.

Avvolgendogli la corda intorno alle palle, lo condusse in bagno e lo aiutò a superare il bordo della vasca.

Aprendo l'acqua, lo lasciò dietro la tenda di plastica della doccia.

Fece la doccia, si asciugò e la trovò seduta in sala da pranzo con i suoi vestiti addosso.

Dopo averlo chiamato, gli sciolse la corda intorno alle palle, sottolineando che anche bagnato, il suo nodo era facile da sciogliere.

"Hai fatto un buon lavoro," gli disse, tenendogli i fianchi. "Questa è la tua ricompensa."

Accarezzandogli le palle rasate, gli succhiò il cazzo, facendogli il miglior pompino che potesse ricordare.

Lo aveva avvertito prima di venire, nel caso non gli piacesse deglutire.

Alcune donne erano riluttanti al riguardo, ma lei non si è fermata.

Ma dopo che lui venne, lei si alzò, avvicinò il suo viso al suo e lo baciò profondamente.

Mentre si baciarono, lei spinse il suo orgasmo dalla sua bocca alla sua.

# CAPITOLO 8

Dopo che lei se n'è andata, si è vestito e ha assunto un lavamoquette.

Il requisito di essere nudi il più spesso possibile era più facile che cercare di essere costantemente duri.

Ma dopo il loro pomeriggio insieme, trovò entrambe le cose facili.

Immaginare la sua Katy nuda lo eccitava.

Il suo senso di appartenenza lo avrebbe presto messo nei guai.

"Chi sono io?" Katy gli ha chiesto quando ha iniziato a lavorare.

Era la seconda volta che faceva la domanda.

"Mia padrona," rispose di nuovo, anche se il dubbio lo colse.

"Accetta il lavoro", ha chiesto.

Lasciandosi cadere i pantaloni, si chinò, esponendole il sedere nudo.

Ha usato di nuovo una delle spatole del negozio.

Dopo aver tinto di rosa entrambe le natiche, glielo chiese di nuovo.

"Chi sono io?"

"Katy Maria Gonzales?" ha tentato.

"Cazzo, sei una stupida puttana," disse, colpendolo di nuovo.

Katy aveva un sistema per sculacciargli il culo.

Ha alternato le natiche e altre posizioni, producendo una sensazione uniforme e pungente dalla parte superiore delle cosce alla parte bassa della schiena.

La sua prima serie di colpi l'aveva punita.

La seconda serie gli ha dato fuoco.

"Ecco il tuo indizio. Eri più vicino la prima volta. Ora dimmi, chi sono io?"

"La mia padrona Katy?" Ha provato di nuovo.

"Dannazione eri così vicino!" disse e lo colpì più volte su ogni natica. "Chi sono io?"

"Padrona, per favore," la pregò. "Non lo so."

"No, sai," disse, gettando la spatola nel lavandino. "L'hai appena detto. Io sono Padrona. NON sono la tua Padrona. Sono Padrona per chi voglio. Padrone e solo Padrona, mi capisci?"

"Sì, padrona," disse.

Katy le diede uno schiaffo. "

Alzarsi. Lascia che ti guardi Sei duro? "

Patrick si raddrizzò, spaventato.

Era stata dura.

Era duro quando lei ha iniziato a lavorare, ma durante la brutalità della sua sculacciata, la sua erezione era svanita.

Il suo cazzo voleva essere duro, ma il suo corpo trovava difficile risolvere i messaggi mescolati con un sedere dolorante.

Il suo cazzo sporgeva direttamente dal suo corpo in quella posizione a mezz'asta tra un'erezione completa e l'essere troppo morbido per essere usato.

Lei guardò il suo cazzo.

"E se volessi scopare adesso? Potresti scoparmi con quello?"

"Sì, padrona," la rassicurò, l'idea che risolveva la confusione nel suo cervello.

Il suo cazzo si irrigidì.

"Vuoi un orgasmo?"

"La vostra volontà, signora." Patrick ha rifiutato di cadere nelle sue trappole.

"Sì, la mia volontà," concordò, prendendo il cellulare nella borsa.

Ha toccato un paio di schermi.

"Se voglio, mi darai un orgasmo adesso?"

"Sì, padrona."

"Quindi hai sessanta secondi per farlo", ha detto, toccando il telefono e mostrandogli il timer.

Patrick ha lavorato il suo cazzo velocemente e duramente, lottando per raggiungere l'orgasmo nel tempo richiesto.

Non è successo.

"Oh, mi dispiace così tanto," disse Katy, sorridendo. "La prossima volta sarai più fortunato."

Alzando la spatola, le diede altri sei colpi prima di permetterle di vestirsi.

# CAPITOLO 9

La volta successiva fu un'ora dopo.

"Sei ancora duro per me?" ha chiesto quando ha finito di prendersi cura di una donna anziana e di suo marito.

"Sì, padrona," la informò, girando intorno al bancone in modo che potesse vedere il rigonfiamento nei suoi pantaloni.

"Sessanta secondi," gli disse, tirando fuori il telefono dalla tasca e avviando il timer.

Patrick corse nella stanza sul retro, aprendosi i pantaloni e cercando di masturbarsi per lei.

Quando non poteva produrre un orgasmo nel tempo assegnato, agitò il dito in un cerchio, indicando che avrebbe dovuto girarsi.

Altri sei colpi restituirono il calore, l'ustione e la puntura al suo culo assediato.

"Vai di nuovo," disse, azzerando l'orologio.

Ha preso altri sei colpi per essere mancato.

Determinato a vincere la sua partita, Patrick ha fatto del suo meglio per rimanere sull'orlo dell'orgasmo.

Si strofinò la parte anteriore dei pantaloni, rimanendo duro e bisognoso.

Se c'erano clienti, si strofinava contro il bancone, sperando di mantenere il suo vantaggio.

Ma ha commesso l'errore di venire quando Katy ha preso una delle pause assegnate.

Dopo aver aspettato un paio di clienti, la sua mente si è lasciata trasportare.

Quando Katy è tornata al negozio, ha controllato la facciata del negozio, ha tirato fuori il telefono e ha detto: "Sessanta secondi".

Mentre provava, si rese conto che non ne valeva la pena.

Ha preso il suo pestaggio e ha imparato la lezione: per essere pronto, devi rimanere pronto!

***

Ha terminato la giornata di lavoro senza prendere un'altra botta o un'altra sfida di sessanta secondi.

Si sentiva nervoso, il suo cazzo era gonfio e bisognoso e gli faceva più male il culo dopo una delle sue sculacciate.

Prima di andarsene, Katy si accarezzò il rigonfiamento nella parte anteriore dei pantaloni.

"Povero ragazzo. Sembri pronto a esplodere."

In punta di piedi, gli piantò un bacio sulle labbra e se ne andò.

Prima di chiudere la porta, ha aggiunto:

"Ricorda, non ci sono orgasmi senza permesso."

# CAPITOLO 10

Katy ha avuto il giorno successivo libero.

Lavorando nel negozio con uno degli altri membri della sua squadra, Patrick indossava un grembiule per nascondere la sua erezione.

Non voleva essere duro.

Non ha cercato di diventare duro.

Ma il suo bisogno era troppo grande.

Le cose semplici accelerano la tua immaginazione.

Ha mandato il suo dipendente a casa presto e ha chiuso il negozio da solo.

Sentendosi meglio in controllo, ha lavorato su un po 'di scartoffie prima di tornare a casa.

***

Quando tornò a casa, vide le provviste di Katy disposte sul tavolo della sala da pranzo e ebbe una grande reazione.

Il suo cazzo si è indurito quando si è tolto i vestiti e si è sentito solo.

Dannazione, era entrato sotto la sua pelle così in fretta?

***

Trascorse una notte agitata davanti alla televisione, desiderando che lei chiamasse o passasse.

Lei non l'ha fatto.

Era preoccupato che lei lo avrebbe punito.

Era preoccupato che avesse perso interesse.

Pensò di chiamarla o mandarle un messaggio, ma decise che non avrebbe dovuto.

Seduto nudo sul divano, il suo cazzo è rimasto duro.

Sentendosi molto sola, è andata a letto alle undici.

# CAPITOLO 11

Venerdì mattina, Katy è arrivata al lavoro due minuti prima dell'apertura.

"Salve, signor Adams," sorrise, piena di gioia come sempre.

"Buongiorno padrona," disse, contenta che il suo cazzo fosse duro per lei.

Katy lo superò di corsa, controllò il registratore di cassa e lo aiutò con il resto dell'apertura.

"Sembra una buona giornata, pensi che saremo impegnati?"

"Probabilmente," disse.

"Immagino che sarò occupata alle finestre", disse, raccogliendo lo sgabello, la doccetta per i vetri e la pila di asciugamani di carta di cui avrebbe avuto bisogno.

La pulizia delle finestre era un'attività regolare il venerdì mattina.

A Patrick piaceva che il negozio fosse molto pulito prima del fine settimana.

"A meno che tu non abbia qualcos'altro che vuoi che faccia?"

"Come desideri, padrona."

Gli sorrise e andò a lavorare, lasciandolo a chiedersi cosa stesse succedendo.

Aveva rinunciato al suo gioco?

***

La soleggiata giornata primaverile ha attirato i clienti.

Ben presto, erano impegnati a rifornire la barra di riempimento, a monitorare le macchine per yogurt gelato e a pulire dopo che i clienti se ne erano andati.

Patrick pensava tutto il tempo, voleva chiedere a Katy se le cose andavano bene tra loro, ma non riusciva a trovare le parole.

Ha chiesto prima di fare una pausa, ci è voluta solo mezz'ora, e poi ha suggerito di prenderne una anche lui.

Patrick non aveva bisogno di una pausa, ma non voleva deludere la Mistress.

Si è seduto nella sua macchina per mezz'ora, il suo cazzo desideroso delle attenzioni che lei ha rifiutato di prestargli.

# CAPITOLO 12

Venerdì e sabato il negozio è rimasto aperto fino alle nove.

Alle quattro apparve il secondo turno.

Quando vide Katy pronta per andarsene, Patrick entrò nella stanza sul retro, aspettando un indizio su cosa stesse succedendo.

Si fermò di fronte a lui, guardò in basso nell'interno dei suoi pantaloni e sorrise.

Si strofinò il nodulo e disse:

"Ci vediamo stasera."

***

Verso mezzanotte, Patrick ha smesso di pensare di vederla oggi.

Spense la televisione e iniziò la sua routine notturna.

Il suo cazzo duro faceva male, pulsava e richiedeva attenzione, ma si rifiutava di prestarlo.

Stava preparando la caffettiera per la mattina quando vide un lampo di fari nel suo vialetto.

Sorrise, chiedendosi dove avrebbe dovuto essere quando lei entrò.

Devo riaccendere la televisione e agire con disinvoltura?

Dovrebbe essere vicino alla porta?

Uscendo dal caffè, decise di inginocchiarsi davanti alla sua porta.

Una Katy ubriaca spalancò la porta.

È entrata barcollando con tre ragazzi vicini alla sua età.

"Merda," disse un uomo dai capelli biondi con il braccio intorno a Katy quando vide Patrick inginocchiato a terra.

Era l'unico sobrio del gruppo.

"Credevi che mentisse?" Chiese Katy, accarezzando i capelli di Patrick.

"Che cazzo!" disse un giovane muscoloso con i capelli scuri.

"Ehi, questo tuo schiavo ha qualcosa da bere?" chiese il terzo uomo, essendo l'ultimo ad entrare. Si fermò alla porta. "Amico, sei nudo!"

"Ok, questo è ufficialmente strano," disse il biondo, sembrando insicuro.

"Fanculo, Ben. Katy ha detto che sarebbe stato strano", disse il ragazzo dai capelli scuri.

"Sì, ma dannazione," insistette Ben, tenendo Katy per la vita, ma guardando Patrick.

"I ragazzi nudi ti danno fastidio?" Gli chiese Katy.

"È solo strano. Puoi convincerla a vestirsi o qualcosa del genere?"

"Potrei, ma mi piace così."

"L'hai scopato?" chiese il muscoloso ragazzo dai capelli scuri.

"Fotto con lui," Katy rise. "Guarda con questo."

Dopo aver fatto stare Patrick contro il muro, ha iniziato ad attaccargli le mollette alle palle.

"Oh merda, deve far male!" disse l'ultimo uomo in casa di Patrick, dimenandosi e allungando istintivamente le sue palle.

"Vuoi provare?" Gli ha chiesto.

"Non c'è modo!"

"Andiamo Joe. Lascia che ti metta una pinza sulle palle," lo schernì il ragazzo dai capelli scuri.

"Vaffanculo, Tom. Fallo da solo."

"Allora, deve fare quello che dici?" Ben, la bionda sobria, ha chiesto. Stava ancora guardando con gli occhi spalancati.

"Qualsiasi cosa," disse, sorridendogli.

C'era un lampo di soddisfazione nei suoi occhi che fece sentire bene Patrick.

"Fallo masturbare e mangialo", ha detto Tom, il ragazzo muscoloso.

Katy si voltò verso l'uomo dai capelli scuri e gli afferrò l'inguine.

"Non dirmi cosa fare, Tom, o starai accanto a lui."

Tom fece una smorfia.

"WOW piccola, rilassati. Sto solo cercando di divertirmi un po."

"Anch'io," disse Katy, tenendola stretta ancora un momento prima di lasciarlo andare.

Tom fece un passo indietro, lanciandole uno sguardo diffidente.

Patrick sorrise.

"Ma se ti chiedesse di farlo, lo faresti, giusto?" Chiese Ben a Patrick, i suoi occhi finalmente si staccarono dall'inguine di Patrick.

Era una supposizione da parte sua, ma Patrick non ha risposto.

Katy ci pensò un attimo, sorrise e gli fece un discreto cenno di approvazione.

"È mio, Ben, non tuo", disse alla bionda.

Tolse i morsetti dalle palle di Patrick, si voltò e affrontò il trio di uomini.

"Va bene, chi vuole scopare?"

"Devo amare una donna che sa quello che vuole", ha detto Joe.

"Sembra che abbiamo un vincitore," disse Katy, spingendo Joe di fronte a lei nella stanza di Patrick e tirando Patrick dietro di lei per il suo cazzo duro.

"Hai intenzione di scoparli entrambi?" Ha chiesto Ben.

"Forse," disse Katy.

Mentre percorrevano il breve corridoio, Patrick sentì la sua televisione prendere vita mentre Ben e Tom iniziarono a ridere.

Katy appoggiò Patrick contro il muro ai piedi del letto.

"Devi guardare?" Chiese Joe.

"Che importa?" Disse Katy, premendo contro l'uomo.

Mentre lo baciava, ha spinto la mano verso una delle sue tette.

Qualsiasi preoccupazione che Joe aveva per Patrick scomparve.

Joe e Katy hanno fatto sesso insieme.

Hanno sbagliato ma Patrick non sapeva come descriverlo.

Non c'era affetto, amore o passione per quello che facevano.

Katy ha strappato i vestiti di Joe, lo ha spogliato e si è massaggiato il cazzo duro mentre finiva di togliersi i vestiti.

"Voglio mangiare questo", ha detto, prendendo a coppa la sua figa nuda.

"Voglio rovinare tutto," insistette Katy, spingendo l'uomo di nuovo sul letto.

Gli si è arrampicata sopra, guidando il suo cazzo duro nella sua figa e saltellando.

"Sei pazzo come una merda," disse, afferrando le sue tette vivace.

"Stai zitto e muoviti", disse.

"Non posso resistere," gemette.

Guardò Patrick, ma distolse rapidamente lo sguardo.

Il loro cazzo è durato pochi minuti.

"Vieni dentro di me," gli disse Katy. "Voglio sentirlo."

"Oh sì. Cazzo sì!" Disse Joe, con le mani sul culo.

Patrick guardò mentre il piacere dell'uomo lo consumava.

Guardò Joe liberarsi, rilasciando il suo orgasmo dentro di lei.

"Oh cazzo sì!"

Katy rotolò via da lui.

Sdraiata accanto a lui, lo baciò.

"Grazie," fece le fusa.

"Dammi un minuto e possiamo farlo di nuovo."

"Forse più tardi," disse, annuendo alla porta.

"Veramente?"

"Ho detto che volevo scopare, è vero. Abbiamo scopato. Adesso vaffanculo," disse.

Joe sembrava confuso, ma si alzò dal letto, si mise la biancheria intima e i jeans e la guardò.

"Sei un mostro," disse.

"Probabilmente hai ragione. Chiudi la porta dietro di te."

Quando se ne andò, lei guardò Patrick.

"Puliscimi."

In ginocchio accanto al suo letto, Patrick non ha esitato a premere la sua bocca contro la sua figa usata.

Non gli importava dell'orgasmo di Joe.

Invece, era felicissimo di poter accontentare la Padrona.

Ha leccato, leccato e succhiato la sua figa rasata, deliziandosi di come si contorceva sotto di lui.

Le diede l'orgasmo che non aveva con Joe.

"Basta," disse, voltando la testa dall'altra parte.

Indicò i piedi del letto.

Patrick non aveva bisogno di altre istruzioni di quelle.

Stava contro il muro, il suo cazzo duro gocciolava di precum mentre lei usciva dalla sua stanza nuda.

"Chi è il prossimo?" la sentì chiedere.

Sembrava che ci fosse una discussione nell'altra stanza prima che Ben seguisse Katy dentro.

Guardò avanti e indietro tra Katy e Patrick.

Anche quando Katy lo spogliava, Ben continuava a fissare Patrick.

"Non sei duro," disse, massaggiandolo.

"Che cosa hai intenzione di fare?" Ha chiesto Ben.

Katy era concentrata sul cazzo morbido di Ben.

Fece cenno a Patrick di avvicinarsi.

Con una mano sulla sua spalla, lo spinse verso il basso.

"Ti succhierà il cazzo mentre ci baciamo", ha detto. "Una volta che sei duro, puoi scoparmi."

Afferrando il viso di Ben, premette le labbra sulle sue.

Tenendo una mano intorno alla nuca, spinse la testa di Patrick in avanti.

Patrick aprì la bocca, prendendo il cazzo molle del giovane tra le sue labbra.

Ben non era duro, ma nemmeno morbido.

Il suo cazzo era pieno, ma non abbastanza da essere duro.

Quando Patrick ha succhiato, ha sentito il cazzo dell'uomo crescere.

Sentì i due gemere l'uno nella bocca dell'altro mentre il cazzo di Ben trovava la sua forza.

"Vuoi scopare o vuoi finire nella sua bocca?"

"Okay," disse Ben, guardandoli con la stessa espressione con gli occhi spalancati che aveva avuto dal loro arrivo. "Se finisco mentre lui mi succhia, questo mi rende gay?"

"Non tu, ma ti rende un figlio di puttana," disse Katy, ridendo.

Spinse la faccia di Patrick contro l'inguine di Ben e lo baciò di nuovo, lasciando che Patrick lo finisse.

Patrick non sapeva cosa aspettarsi.

Non ha mai considerato l'idea di succhiare un cazzo.

Sentì un caldo rossore strisciare sul suo viso quando Katy fece notare che adesso era un figlio di puttana, ma passò rapidamente.

Gli piaceva farsi succhiare il cazzo e ha cercato di fare quello che gli piaceva fare con lui.

Ha girato la lingua sopra e intorno alla testa del cazzo del giovane.

Scosse la testa da un lato all'altro, sapendo che era bello quando gli era stato fatto.

Sentì il cazzo dell'uomo, questo era interessante, e si rese conto che l'uomo avrebbe presto raggiunto l'orgasmo dentro la sua bocca.

Non sapendo come prepararsi per l'esperienza, mantenne un ritmo costante e lo aspettò.

Quando accadde, la forza del primo getto contro il palato lo sorprese, ma non lo imbavagliò.

Lo sperma dell'uomo aveva un sapore leggermente aspro, ma non era sgradevole.

"Pensi che possiamo scopare anche noi?" Ha chiesto Ben.

"Un orgasmo per ogni cliente," disse Katy, allontanandosi da Ben. "Devo fare pipì," disse, uscendo dalla stanza.

"L'hai già fatto prima?" Chiese Ben, infilandosi i pantaloni.

"No," disse Patrick.

"È stato strano?"

"Non proprio. Era buono."

Gli occhi di Ben tornarono sul cazzo duro di Patrick.

Lanciò un'occhiata alla porta aperta, scrollò le spalle e finì di vestirsi.

"Ci vediamo dopo amico," disse.

***

Patrick era ai piedi del letto mentre Katy e Tom si mettevano al lavoro.

Tom era più ubriaco di Joe.

Una volta nudo, non gli importava della mancanza di preliminari di Katy.

Ha schiaffeggiato il culo nudo di Katy.

"Sei pronto per questo?" Chiedo.

"Vai avanti," disse, lasciandosi cadere sul letto.

"Va bene," disse, aprendosi la parte anteriore dei pantaloni.

Senza abbassare i pantaloni più del sedere, cadde su Katy e iniziò a scoparla.

"Fallo, fottuto stallone. Vieni per me."

"Oh sì, piccola. Lo farò", ha promesso.

Si mosse più velocemente, scuotendo il letto di Patrick, ma non resistette più di Joe prima di inarcare la schiena e venire.

"Come stava quel bambino?"

"Nella media," disse, allontanandolo da se stessa.

"Oh sì? Dammi un minuto e te lo mostrerò di nuovo," disse, sedendosi sul letto e artigliandosi le tette.

Katy ritrasse la mano.

"Hai avuto la tua occasione. Adesso vaffanculo."

"Perché allora farlo con lui?"

"Forse," ha detto. "A meno che tu non voglia provarlo prima tu."

"Vaffanculo," disse Tom, alzandosi e tirandosi su i pantaloni. "Vuoi che rimandi Joe indietro?"

"No, ho finito. Vai a casa."

"Ah, non fare così, piccola."

"Non fare cosa?"

"Non lo so, puttana?"

Katy balzò giù dal letto agitando le mani, schiaffeggiando l'uomo molto più grosso.

"Come diavolo mi hai chiamato?"

"Ehi, ehi, ehi! Stavo solo scherzando," disse, allontanandosi.

"Esci!" gridò, seguendolo lungo il corridoio. "Tutti voi. Vaffanculo."

Patrick ha sentito alcune obiezioni confuse.

Si mosse nel corridoio, in piedi dietro la Mistress, a braccia conserte.

"Hai sentito la donna. Vaffanculo prima che sia il mio turno di scoparti."

Questo sembrava convincere i giovani che era ora di andare.

"Maledetto frocio!" Gridò Tom, l'ultimo fuori dalla porta.

# CAPITOLO 13

"Ottimo lavoro," disse Katy, voltandosi e sorridendogli.

Tirandogli la mano, lo condusse al suo divano.

Spense la televisione, si mise a sedere e allargò le gambe.

"Vuoi ancora mangiare questa figa?"

Parte dello sperma di Tom era uscito dalla sua figa e le scorreva lungo la coscia.

"Sì, padrona," disse Patrick, inginocchiandosi.

Tenendole il polpaccio, iniziò a leccarle la coscia, la sua lingua tracciando la lunghezza dello sperma.

Prendendosi il suo tempo, ha leccato il resto della sua figa rasata prima di seppellire la lingua tra le sue labbra inferiori.

Katy si dimenava e gemeva di piacere ancora e ancora prima di fermarlo.

"Basta," disse, spingendolo via.

Cullando il suo viso bagnato, lo considerò per un lungo momento.

Sporgendosi in avanti, lo baciò, spingendo la lingua nella sua bocca.

"Ti piace, vero?"

"Mi piaci, padrona," ammise.

"Siediti," disse, accarezzando il divano accanto a lui.

Sporgendosi in avanti, prese un paio di pinzette lasciate sul tavolino da caffè.

Se li mise ai capezzoli prima di far oscillare la gamba su di lui, fissandolo a cavalcioni.

Si è posizionata fino a quando la sua figa calda e bagnata non è scivolata intorno al suo cazzo duro e dolorante.

Si sistemò su di lui, senza muoversi.

Il suo cazzo pulsava all'impazzata dentro di lei, minacciando di raggiungere l'orgasmo da nient'altro che la sensazione di lei intorno a lui.

Katy gli accarezzò il viso.

"Gli hai succhiato il cazzo." Lui annuì. "Sai che questo ti rende un frocio, vero?"

"La vostra volontà, signora."

Lo baciò.

"Penso di crederti."

"La Padrona dovrebbe," disse, sicuro di aver oltrepassato il limite dicendo questo, ma lei lo ricompensò con un altro bacio.

Guardandolo di nuovo, gli mise le mani sulle spalle.

Lentamente, si alzò da lui una volta prima di sistemarsi di nuovo.

Ancora una volta, il suo cazzo pulsava profondamente nel bisogno.

"Lo desideravo da molto tempo," le disse. "Da prima che iniziasse il nostro gioco."

Patrick la guardò senza sapere cosa dire.

Decidendo che era meglio tacere, lo fece.

Si alzò da lui e si abbassò di nuovo, sorridendo quando il suo cazzo pulsò di nuovo.

"Quante volte pensi che possa farlo prima che tu venga?"

"Non molti," ammise.

"Se avessi detto a uno di quei ragazzi di fotterti il culo, avresti smesso?"

"Sì, padrona. La tua volontà. Sempre."

"Come ci si sente?"

Di nuovo si alzò e cadde.

"Arrenditi così completamente. Come ci si sente?"

"Celeste."

"E se ti lascio adesso?" chiese, allontanandosi.

Lo spinse indietro, sedendosi più vicino alle sue ginocchia mentre il suo cazzo duro danzava nell'aria.

"Sarebbe crudele se ti lasciassi così tanto?"

"La tua volontà."

"Devo usare di nuovo la pala?"

"La tua volontà."

"E non ti dispiacerebbe? Non hai bisogno di un orgasmo?"

"Non tanto quanto penso di aver bisogno di questo", ha detto, annuendo ai suoi morsetti per capezzoli e intendendo tutto.

"Spiegati."

"Ti sento ovunque. Sempre."

"Anche oggi quando ti ho ignorato?"

"Soprattutto oggi. Ero confuso, avevo paura che non mi amassi, ma questo non ha cambiato nulla per me."

Ridendo, si mosse su di lui.

"Hai lavorato davvero duramente oggi."

Il suo cazzo pulsava di nuova forza.

Era contento che lei l'avesse notato.

"Grazie a te, padrona. Grazie a te, ieri anche io sono stata dura."

Rise di nuovo.

"Lo so. L'ho sentito. Hai una buona reputazione per avere un problema."

"Sì. Tu, padrona."

"Questo è per me," disse, alzandosi e cadendogli addosso. "Non fermarti. Dammelo. Voglio questo. Voglio sentire come se tu venissi dentro di me, per me."

Lo ha scopato con colpi lunghi e lenti; come se stesse assaporando la sensazione di lui.

"Fallo," fece le fusa. "Vieni per me."

Come per comando, anche se probabilmente per necessità accumulate, Patrick lo fece.

È arrivato con una forza e una soddisfazione che gli hanno arricciato le dita dei piedi.

La vide guardarlo, studiarlo mentre il suo orgasmo funzionava attraverso il suo corpo.

"Cazzo, era caldo," disse quando lui si rilassò, speso per il momento.

Raggiungendo tra di loro, si strofinò il clitoride, portandosi a un orgasmo che sentiva come una serie di strette ritmiche intorno al suo cazzo ancora duro.

"Puoi farlo di nuovo?"

"Penso di sì," disse, dimenandosi sotto di lei.

Il corpo di Katy era così buono e il suo bisogno era così grande che si sentiva come se potesse farlo altre cento volte quella notte e ancora voglia di farlo di nuovo.

Si muoveva su e giù, deliziandolo.

"Sei pronto?"

Sentendosi un diciottenne, annuì.

"Io penso di essere."

"No, puttana. Non pensare. Dimmi. Sei pronta? Puoi riempirmi una seconda volta?"

"Sì," disse, sentendo un polso rassicurante dal suo cazzo.

"Bene," disse, ondeggiando su di lui ancora un paio di volte prima di fermarsi.

"Dannazione, va bene," fece le fusa, gli occhi chiusi.

Restando ferma, fece diversi respiri lenti e profondi.

"Va bene," disse, aprendo gli occhi. "Sto bene."

Patrick sorrise, incerto su cosa volesse dire, ma lo trovò divertente.

Sembrava che stesse cercando di ricomporsi.

Scosse la testa, girando i capelli scuri sulle spalle prima di rimuovere le mollette dai capezzoli.

Si strofinò il petto, come se stesse pulendo il dolore.

"Va bene se ti chiamo Patrick?" lei chiese.

Era la prima volta che l'aveva sentita usare il suo nome.

"La vostra volontà, signora."

Katy scosse la testa.

"No, è così che intendo. Voglio dire, puoi essere Patrick per un momento e io sono solo Katy?"

"Immagino," rispose confuso.

"No, dico sul serio. Questo non è un ordine, è solo una domanda. Voglio solo essere Katy e Patrick per un minuto. Possiamo farlo?"

"Sì, immagino," ripeté. "Una specie di momento strano."

"Lo so", ha detto e sembrava nervosa. "Ma è importante e voglio la vera risposta." Lui annuì. "Quando sei mio schiavo, c'è qualcosa che non faresti per me?"

"Uccidi qualcuno," disse, scrollando le spalle. "Ma non è proprio un gioco di sesso, vero?"

"Giusto. È così che intendo. Sessualmente. C'è qualcosa che non faresti come mia schiava sessuale?"

"Non riesco a pensare a niente", ha detto, il suo cazzo pulsava d'accordo con lui.

"Perché?"

"Perche è divertente?" lui ha offerto.

"Essere sculacciati è divertente?"

"In un certo senso", ha detto. "Voglio dire, fa male, ma lo fai per un motivo. Fa più male quando ti deludo."

"Quindi, se volessi vederti subire uno stupro di gruppo dai ciclisti, lo faresti?"

"Come tuo schiavo, sì."

"Che ne dici di Patrick?"

"Mi dispiace, non mi piace," rise.

"Ma gli hai succhiato il cazzo."

"Ma per Mistress, anche se sei abbastanza sexy, probabilmente lo farei anche per te."

"Veramente?"

"Probabilmente no," ammise. "Forse non lo so".

Si è mossa contro di lui.

"Va bene?"

"Fa un caldo infernale, ma sto bene."

"Puoi baciarmi? Voglio dire, come Patrick. Puoi baciarmi?"

Sporgendosi in avanti, lo fece.

Non era sicuro di cosa si aspettasse, quindi la baciò come avrebbe fatto con qualsiasi amante.

Mentre il suo bacio rimaneva, le fece scivolare la lingua nella bocca e si godette il momento.

"Come?"

"Sì, è stato un bene."

Aveva sentito la sua figa contrarsi durante il loro bacio.

Senza essere chiesto, la baciò di nuovo.

Come prima, si dimenava e la sua figa si contraeva.

"Una volta ho avuto una ragazza che mi ha detto che tutte le donne dovrebbero avere almeno una relazione con un uomo più anziano."

"È raro?"

"No, va bene. Aveva ragione. Le persone anziane stanno meglio."

"Gli uomini più anziani diventano stupidi per un bel viso."

"Solo per il viso?" chiese ed entrambi risero.

"Be ', faccia e altre cose," disse, accarezzandole i capezzoli lunghi e paffuti.

Quando si è appoggiata all'indietro, inarcando la schiena, lui le ha leccato, succhiato e mordicchiato i capezzoli.

"Non fermarti," disse, alzandosi per baciarlo prima di piegarsi all'indietro per offrirgli di nuovo il seno.

Patrick non si è fermato.

Le ha succhiato le tette come se fosse stata la sua ragazza.

Le accarezzò il culetto stretto, sentendo la carne soda del suo culo.

Quando lei si dimenò, le spostò le mani sui fianchi.

Guidandola su e giù, si baciarono e scoparono.

A differenza dei giovani con cui aveva scopato quella notte, Patrick si prese il suo tempo.

Lo ha fatto con passione, portandola come se avesse avuto uno dei coniglietti del fitness al centro benessere se ne avesse avuto la possibilità.

Non fu sorpreso quando lei venne e non si fermò.

La portò a un secondo orgasmo, questa volta trovando il suo orgasmo con il suo.

"Dannazione, Patrick" disse, abbracciandolo. "Sei bravo."

"Anche tu," disse, tenendola stretta finché il suo respiro non tornò normale.

"Va bene se faccio la doccia?"

"Certo," disse, lasciandola andare.

"Puoi lavarmi la schiena se vuoi."

# CAPITOLO 14

Lavata e asciugata, gli tenne la mano mentre tornava in soggiorno.

"Siamo ancora Patrick e Katy, giusto?" lei chiese.

Lui annuì. "Allora va bene se lo faccio bene?"

Lo spinse sul divano e si arrampicò sulle sue gambe.

Gli accarezzò il cazzo e le palle finché non fu di nuovo duro.

Sorridendo, lo montò di nuovo.

"Non sono ubriaca," disse, baciandolo.

"Lo eri prima."

"Ero felice", ha ammesso. "Ma non ubriaco."

"Interessante."

"Mi credi quando dico che non sono ubriaco adesso?"

Patrick annuì.

Se lo era, era passato abbastanza tempo perché lei si sentisse sobria.

Dopo che si sono baciati di nuovo, si è allontanata.

"Grazie."

"Perché?"

"Per avermi fatto sentire la differenza tra il vero Patrick e lo schiavo Patrick." Lo baciò. "Questo mi fa desiderare di più."

"Volere?" chiese, chiedendosi se il suo gioco fosse finito.

"Questo," disse, raccogliendo le pinzette che erano ancora sedute sul divano.

Sussultò dopo aver attaccato il primo al capezzolo destro.

"WOW," disse, sorpresa di quanto facesse male.

Ha attaccato il secondo al capezzolo sinistro.

Lei gli scese, prese la pala e gliela porse.

"Adesso tocca a te. Sculacciami."

# FINE

# CAGNA NAZISTA (INTERRAZZIALE)

Sede della Gestapo a Parigi

Reparto FEM1

Mercoledì 30 ottobre 1940 ore 8:00

Mi sono svegliato all'improvviso, dolorante dappertutto.

I muscoli del collo mi stavano uccidendo e avevo le vertigini.

La luce del mattino, che filtra dalla finestra, illumina la mia scrivania e il mio viso.

Chiusi gli occhi e li strofinai con forza.

Devo essermi addormentato durante la notte mentre analizzavo un mucchio di rapporti che erano pervenuti il giorno prima.

Uno sguardo allo specchio rivelò il viso stanco di una graziosa ragazza di diciannove anni con occhi e capelli castano scuro che sembrava non avesse dormito abbastanza da giorni.

Sfortunatamente, lo specchio non mente mai.

Aveva lavorato per quindici ore ogni giorno nelle ultime tre settimane a causa del fatto che era stato scoperto un grande anello di spie.

Mio padre era molto in alto nella gerarchia del partito nazista a Berlino e, di conseguenza, fui nominato capo del personale del dipartimento FEM1 della Gestapo a Parigi.

Il nostro dipartimento era composto solo da donne ed era responsabile dell'interrogatorio delle donne in cattività.

Il mio grado era tenente e sotto i miei ordini diretti c'erano due sergenti di nome Michelle e Kat, entrambi ventenni.

Michelle era francese con lunghi capelli scuri e bellissimi occhi penetranti.

La sua dimensione del bicchiere era di 90 ° C, proprio come quella di Kat, ed era snella e atletica.

D'altra parte, Kat era olandese con lunghi capelli biondi, occhi blu-verdi e polpacci perfetti.

Era qualche centimetro più alta di Michelle e pesava qualche chilo in più.

Entrambi avevano dei culi grandi e stretti e le gambe più lunghe di Parigi che io conoscessi.

Ero un po 'più alto Kat e il mio bicchiere misurava 95 B.

Uno sguardo alla mia scrivania ha rivelato la presenza di un nuovo documento.

Qualcuno deve averlo portato durante la mia pausa e lasciato lì.

Il documento riguardava il trasferimento di una donna prigioniera che era stata catturata durante un raid della Gestapo in un caffè parigino.

La prigioniera in questione sembrava essere una cittadina americana di venticinque anni, residente a New York, ed era ... nera?

Ho immediatamente aggrottato la fronte e ho pensato che stesse diventando molto interessante.

Il file allegato al documento diceva che avrebbe dovuto interrogare il soggetto ed estrarre qualsiasi informazione preziosa con qualsiasi mezzo disponibile.

Ho preso il telefono e ho ordinato a Kat e Michelle di cambiarsi d'abito e di incontrarmi nel seminterrato.

Mi sono anche cambiato velocemente e sono sceso le scale che portavano al seminterrato.

Michelle e Kat erano già lì, vestite con i loro abiti da "interrogatorio".

Ciascuno indossava una maschera di pelle nera con aperture per gli occhi, il naso e la bocca.

I loro capelli erano raccolti in una coda di cavallo dietro la testa.

Corsetti di pelle nera si strinsero intorno ai loro corpi snelli, facendo apparire i loro seni nudi come due picchi di montagne carnose.

Indossavano guanti di pelle nera sui gomiti e intorno al braccio destro c'era un elastico rosso e bianco con una svastica nera nel mezzo.

Piccole corde di cuoio nero, quasi inesistenti, coprivano i loro inguine e lasciavano i loro culi completamente scoperti.

Indossavano entrambi calze di nylon nere e stivali della Wehrmacht.

"Porta la prigioniera e legale le mani con quelle catene sospese", ho ordinato.

"Ah, mia padrona" esclamarono entrambi.

L'hanno portata dentro e le hanno assicurato le mani sollevandole sulle catene pendenti.

Ho preso il mio tempo e l'ho ispezionata a fondo da cima a fondo.

Sembrava alto non più di un metro e mezzo e circa sessanta chili.

I suoi occhi neri a mandorla riflettevano la luce artificiale del seminterrato come specchi magici e il suo naso era tipico degli afroamericani.

Una bocca abbastanza grande con labbra carnose e carnose ha tradito il suo desiderio sfrenato per il piacere orale.

I suoi capelli neri lunghi fino alle spalle erano lunghi e lisci con lunghi riccioli all'estremità.

Indossava un abito floreale giallo lungo e aderente che metteva in risalto le dimensioni perfette del suo corpo.

Tutto sommato, era una ragazzina di cioccolato ed ero sicura che le mie ragazze avrebbero apprezzato questo piatto esotico a loro piacimento, poiché non avevano mai avuto l'opportunità di incontrare persone di colore prima.

"Vorrei che mi informassi del motivo del mio arresto. Sono cittadino statunitense e non hai il diritto di trattenermi qui. Le condizioni della mia detenzione sono assolutamente scandalose. Non ho dormito, mangiato e bevuto per molte ore Avresti dovuto informare l'ambasciata degli Stati Uniti della mia cattura e io pretendo ... "tentò di protestare.

"Chiedete? CHIEDETE? Non siete in grado di chiedere niente. Vi rendete conto di quale sia la vostra situazione? Ti accusano di essere una spia e questo comporta solo la condanna a morte. Quindi è meglio che inizi a parlare, perché Non ho molto tempo a disposizione "gli ho urlato.

"Deve esserci un errore nei tuoi rapporti. Sono sicuro che mi hai preso per qualcun altro. È il mio primo viaggio in Europa e ho visitato Parigi per le sue attrazioni notturne. Ero intrappolato qui quando è scoppiata la guerra e non sono riuscito a trovare la via del ritorno. a casa. La sua polizia mi ha arrestato mentre parlavo con un uomo che avrebbe organizzato il mio viaggio di ritorno. Non so altro ".

"Come ti chiami?" Le ho chiesto.

"Il mio nome è Gina, tenente", ha detto.

"D'ora in poi mi chiamerai signora Vicky. Hai capito?" Dissi e allo stesso tempo la schiaffeggiò forte.

"Ahi! ... Sì ... Sì ... Signora ... Vicky ..."

"Ascolta, puttana degradata. Mi racconterai tutto in dettaglio. Non voglio sprecare il mio tempo prezioso con te. Dammi nomi, luoghi, codici e tutto il resto richiesto. Prometto di non farti del male e di lasciarti andare quando avremo finito o scoprirai quanto posso essere crudele." . Le ho detto tirandole i capelli.

"Aaaahhh ... giuro su Dio ... non so ... niente ... per favore ..."

"Vuoi giocare duro? Vedremo a riguardo. KAT E MICHELLE SI PRENDERANNO CURA DEI TUOI VESTITI ORA. LI PRENDEREMO COMPLETAMENTE SVESTITI!" Ho abbaiato i miei ordini.

Kat e Michelle con occhi selvaggiamente luminosi si avventarono sulla loro vittima indifesa e iniziarono a strapparle il vestito a pezzi.

Gina si contorse disperatamente il corpo mentre dita versatili le strappavano senza pietà il vestito, il reggiseno, il perizoma, il reggicalze e le calze di nylon.

Ha finito per indossare solo un paio di tacchi bianchi e nient'altro.

Sembrava che la piccola dimostrazione della mia autorità su Gina non avesse lasciato nessuno indifferente.

I capezzoli gonfi rosa pallido di Kat rivaleggiavano con quelli marroni gonfi di Michelle in termini di bellezza, dimensioni e durezza.

Gli occhi di Michelle erano fissi sulla fessura pelosa e luccicante di Gina e la sua lingua si leccava le labbra carnose, mentre Kat accarezzava gli splendidi capezzoli di Michelle con la mano destra mentre la sua sinistra era sepolta tra le sue cosce lattiginose.

"Ti piace quello che vedi Michelle?" Gli ho chiesto.

"Sì signora, è così bella e indifesa", disse Michelle.

"Ti ecciti per una sporca figa nera?" ho urlato

"Sì signora ... Umm ... Nooooo ... non sono ..." Michelle cercò di scusarsi.

"HAI DIMENTICATO DI APPARTENERE ALLA RAZZA ARIANA? Siamo destinati a governare il mondo. È nei nostri geni imporre la nostra supremazia e le nostre regole agli altri. Dobbiamo schiavizzare il mondo intero e portare l'alba di una nuova era. L'era del NUOVO! ORDINE! Non ci saranno altri maestri oltre a noi. Neri, gialli, rossi sono obbligati a servire e lavorare per la gloria del terzo Reich ".

"Guarda e dimmi cosa c'è in comune tra te e quella puttana. Tu e Kat appartenete ai migliori esempi che la nostra razza ha da mostrare. Kat è alta, bianca e intelligente; Sembra una Valchiria del nord, piena di potere e gloria, pronta ad uccidere i suoi nemici, e lo è!

“Somigli ai tuoi grandi antenati gaelici che non hanno mai smesso di combattere valorosamente contro tutti i loro numerosi nemici, nel bene e nel male. Quei grandi uomini e donne hanno lasciato il loro segno indelebile su di te. Non lo vedi? Non lo senti? Non hai letto come hanno combattuto, difendendo la loro cultura, le loro famiglie e il loro paese? "

“Sei sicuro di volerti confrontare con queste persone che passano tutto il loro tempo a correre nudi e ad accoppiarsi rotolando nel fango? Cosa sanno della cultura e della civiltà? Assolutamente niente. Anche il mio dobermann li supera tutti con estrema facilità ".

“La tua nazione ha cresciuto così tanti grandi uomini e donne che hanno contribuito così tanto al mondo che non avrebbe senso fare riferimento ai loro successi. Stai disonorando la tua eredità. Mi stai disgustando! "

"Mi dispiace, signorina Vicky, non intendevo quello che ho detto prima. Le chiedo umilmente di perdonarmi. Per favore, signora, la prego. Non mi mandi al plotone di esecuzione. Io ... farò di tutto per farti piacere come Lo faccio sempre ... Per favore ... "implorò Michelle.

"Sei molto fortunata Michelle perché ho nel cuore tanto amore per te. Non ti denuncerò ai miei superiori, ma ti concederò il desiderio che stavi cercando. Ti do l'opportunità di servire quel miserabile ano e figa usati. SULLE GINOCCHIE E LECCATELO IL CULO, PUTTANA !!! "le ho urlato contro e ho sbottonato la giacca di pelle nera al ginocchio del mio ufficiale.

Michelle si inginocchiò e strisciò sulla schiena di Gina.

Mi sono sbarazzato della mia giacca e sono rimasto lì con le gambe divaricate e le mani sulla vita.

Indossava un corsetto di pelle nera che non copriva il petto, con bretelle e un paio di guanti abbinati.

Quattro file di catene di metallo, con i bordi attaccati a ciascuna cinghia, coprivano i miei seni nudi e una cinghia di cuoio senza cavallo abbracciava i miei fianchi sodi.

Indossava anche stivali di pelle alti fino alla coscia con tacchi a spillo.

Michelle ha cominciato ad accarezzare e baciare il culo nero perfetto di Gina con impazienza.

Le sue mani aprirono e chiusero le sue natiche con sfrenata lussuria.

Stava impastando, massaggiando, baciando e leccando quelle sfere nere, in quell'ordine, senza prestare attenzione a nient'altro.

La sua lingua si stava scatenando nella fessura del culo di Gina, stuzzicando il buco nero con la punta senza sosta.

Ha anche ficcato il naso e inalato il profumo muschiato del suo ano.

"Kat, voglio che sculacci il culo di Michelle senza rimorsi. Insegnale una lezione. Disciplala come farei io," le dissi con disgusto totale.

"Mmmmm ... lo farò sicuramente Mistress ... Piacere mio" rispose Kat allegramente.

"Fai diventare rosso quel sedere! Punisci il suo sedere audace con lo strumento della distruzione! Voglio vedere la sua pelle bianca e vellutata versare lacrime di sangue!" L'ho pungolata.

"Ah. Padrona."

Obbediente, Michelle alzò il sedere e aspettò l'inevitabile, sebbene continuasse a spingere la sua agile lingua rossa nel canale anale di Gina.

Deve aver fatto un ottimo lavoro perché Gina ansimava e dondolava il bacino in modo incontrollabile.

Kat si è messa alle spalle di Michelle e ha inferto il primo colpo alla schiena voluttuosa di Michelle.

I suoi fianchi si contorsero e si lasciò sfuggire un piccolo gemito nel culo di Gina.

Kat colpì di nuovo e Michelle morse forte la carne del culo di Gina, che a sua volta gemette e inarcò la schiena.

Mi avvicinai a Gina e iniziai a far rotolare i suoi capezzoli marroni gonfi tra il pollice e l'indice.

Ha urlato in agonia e l'ho schiaffeggiata molte volte.

Poi le ho preso i seni e li ho impastati duramente.

Ho preso un po 'di tempo ad abusare delle sue tette mentre la guardavo negli occhi.

Nel frattempo, Kat stava sculacciando il culo di Michelle con grande esperienza e molti dossi rossi erano apparsi sulla sua pelle martoriata.

Michelle non ha mai smesso di scopare il culo di Gina, anche se il suo sedere ha sofferto molto per la pioggia di colpi di Kat.

"Hai qualcosa da dirmi?" Ho chiesto ironicamente a Gina.

"Mmmmmm ... Ow! ... Oohhh ... te l'avevo detto ... non so niente ... per favore ..." gemette.

"Quindi, ti stai soffermando sulla tua storia. Molto bene, continuerò allora."

"Kat! Smettila di strofinarti la figa e concentrati sul tuo dovere. Indossa il grosso fallo e fanculo il culo di Michelle. ORA!"

Mentre Kat si allacciava alla vita la sua imbracatura per fallo lunga otto pollici e larga tre pollici, afferrai una frusta di cuoio a cinque code dal tavolo vicino.

Poi ho iniziato a sculacciare le piccole tette di Gina, assicurandomi di colpire anche i suoi capezzoli duri ad ogni colpo.

La stava anche insultando con nomi come puttana da quattro soldi, figa usata, nera, troia sporca, ano sporco e altri.

Kat si mise alle spalle di Michelle e le si mise a cavalcioni.

Piegò le ginocchia, mise da parte la corda di cuoio di Michelle e guidò la testa del fallo fino all'ingresso del suo ano.

A quel punto Michelle era in ginocchio e baciava e leccava le caviglie di Gina.

Kat ha spinto forte e ha piantato il suo "pene femminile" nella stretta apertura anale ricettiva di Michelle.

Michelle scosse la testa, gettando i capelli in aria, e gemette di dolore mentre Kat le afferrava i fianchi con le mani, usandole come ancore per mantenersi.

Kat ha poi proceduto a scopare violentemente Michelle nel culo prendendo un ritmo veloce e costante.

Mentre sculacciavo le tette vivace di Gina, ho notato che il suo tumulo peloso e la sua fessura erano fradici.

Il suo clitoride rosso spuntava dal suo cappuccio nero, sovrastimolato dall'azione in corso.

La puttana del cioccolato doveva essersi goduta quello che stava succedendo.

Riportai immediatamente la mia attenzione e iniziai a frustarle la pancia e le cosce.

Le cinghie di cuoio della mia frusta abbracciarono selvaggiamente ogni curva del suo corpo come lingue serpentine, lasciando i loro segni innegabili ovunque.

Anche il suo clitoride gonfio voleva condividere la sua passione mentre si stava allungando in uno sforzo scrupoloso per ricevere la punizione di cui aveva così disperatamente bisogno.

Pochi colpi ben mirati sul suo pulsante sensibile soddisfacevano pienamente quella malvagia ricerca di sollievo, anche se il prezzo da pagare era un dolore atroce.

"Acqua ... per favore ... dammi un po 'd'acqua ... ho tanta sete ... Padrona," la pregò Gina.

"Solo se mi dai quello che ti chiedo, soddisferò le tue richieste. Sei pronto a parlare?" Disse.

"Per favore ... non sono una spia ... solo ... un turista ... ho ... bisogno di ... acqua."

Impallidivo e rimasi lì immobile e senza parole.

Ho immaginato di stare di fronte al plotone di esecuzione ... poi un forte colpo ... abbracciarmi e mordere la terra oscura ... mio padre mi ha dato il colpo finale (colpo finale) con la sua pistola ...

Quello non aveva valore.

La feccia si era rivelata una noce molto difficile da rompere.

La mia vita non varrebbe un centesimo se venissi meno al mio dovere.

Ho guardato per terra e ho visto Kat e Michelle fare l'amore appassionato.

Michelle era sdraiata sul pavimento con le gambe divaricate e Kat era sopra di lei e le batteva la figa bollente come un'anima dannata.

Stavano premendo i loro capezzoli eccitati l'uno contro l'altro e le loro lingue rosse erano impigliate in un valzer frenetico.

A Kat e Michelle non potrebbe importare di meno del mio futuro.

Il sangue nelle vene iniziò a ribollire e la mia vista stava diventando sempre più scura.

Non poteva decidere prima cosa voleva fare.

Dovrei strangolare Gina lentamente, a mani nude, molto lentamente?

O iniziare a prendere a calci in culo Kat e Michelle senza sosta?

"Kat e Michelle smettono di fare quello che stai facendo e vieni qui! ORA! Allenta le catene di Gina e preparati!" Li ho ordinati.

Fecero come gli era stato detto e Gina cadde in ginocchio con le mani ancora alzate.

"Michelle, la nostra prigioniera ha sete. Dalle il tuo nettare."

"Di certo ama."

Michelle avvicinò il bacino alla bocca di Gina e tirò da parte la sua biancheria intima di pelle. Separò i suoi petali di rosa e lasciò andare la sua urina fumante e salata.

Gina aprì la sua bocca larga e tirò fuori la lingua quando Michelle stava guidando il suo flusso di urina lungo la sua gola assetata.

Stava inghiottendo avidamente il fiume giallo di Michelle mentre la sua lingua catturava ogni goccia che mancava il suo segno nell'aria.

Kat si avvicinò e iniziò a fare pipì anche su Gina.

Le stavano bagnando naso, occhi, bocca e tette con i loro fluidi dorati.

Gina è impazzita cercando di ingoiare i torrenti di urina di Kat e Michelle contemporaneamente perché non voleva perdere una sola goccia.

Dopo aver finito di fare pipì, Michelle ha infilato la sua figa bagnata sulle labbra di Gina.

Gina iniziò immediatamente a leccare e mordicchiare i suoi petali di velluto, succhiando profondamente e ingoiando fluidi d'amore e di urina.

Ho mandato Michelle a mettersi un dildo nero da diciotto pollici e Kat ha preso il suo posto sul posto.

Gina aprì la bocca il più possibile per accogliere il grosso fallo di Kat.

Kat ha guidato il suo "pene femminile" nella sua gola e ha cominciato a dondolare i fianchi da un lato all'altro.

Gina ha avuto la nausea un paio di volte, ma ha continuato a ingoiarla.

Si abituò rapidamente alle sue incredibili dimensioni e, a sua volta, iniziò a scuotere la testa, incontrando le spinte di Kat nel mezzo.

Ho ordinato a Kat di sdraiarsi sul pavimento e posizionare il bacino tra le cosce di Gina.

Lo fece e mise il suo "fallo" in posizione verticale.

Gina gli è letteralmente saltata addosso e la sua calda figa nera lo ha subito inghiottito.

Stava dondolando il suo corpo troppo velocemente con lo strumento duro di Kat e le sue tette oscillavano su e giù a tempo con i suoi movimenti.

Michelle afferrò i capelli di Gina e la fece piegare in avanti.

Gina giaceva completamente sopra Kat e i loro seni entrarono in contatto.

Michelle si inginocchiò dietro e allargò le natiche di Gina.

Si è goduta la vista del culo di Gina per un momento e poi ci ha messo la testa del suo dildo nero.

Michelle spinse forte e fece scorrere la testa contro il riluttante sfintere di Gina con difficoltà.

Gina, a sua volta, ha urlato quando ha sentito il suo culo essere penetrato violentemente.

Sembrava che l'urlo di Gina fosse il segnale per Kat e Michelle di impazzire.

Michelle ha iniziato a martellare il culo di Gina come una cagna in calore e Kat stava spingendo il suo bacino perforando la fica allungata di Gina mentre le sue mani le pizzicavano i capezzoli.

Con due strumenti che lavoravano i suoi buchi come pistoni ben lubrificati, Gina non aveva altra scelta che soccombere.

"¡¡¡¡¡¡¡¡¡¡¡¡¡Oh Dio! Sono una puttana! PER FAVORE ... SCOPAMI ... ENTRAMBI ... TU ALLO STESSO MOMENTO! VOGLIO ESSERE ... UNA PUTTANA NAZISTA ... IO ... VOGLIO ... TI DICO ... TUTTO ... SEMPLICEMENTE ... CONTINUA A SCOPARMI. .. PER FAVORE !!! OHHH ... VENGO !!!!!!!!!! "

"So che lo farai" ho detto con un grande sorriso stampato in faccia.

# FINE

# GOLA PROFONDA (BDSM)

# PREFAZIONE

# POCHI ANNI PRIMA

Tutto è iniziato quando il direttore di un'importante società di notizie ha fatto un'offerta molto semplice durante un evento cerimoniale:

"Vieni nel mio ufficio", ha detto. "Mi piacerebbe discutere alcune opportunità di affari con te."

Barbara sentiva che stava fluttuando sopra le nuvole.

Dopo aver trascorso la notte a fianco di celebrità e politici al sontuoso gala, questa è stata sicuramente la sua occasione per ottenere un lavoro a tempo pieno nel mondo delle notizie via cavo.

"Sarebbe fantastico," rispose lei stupita.

"Andiamo allora. Probabilmente hai sentito che stiamo pensando di progettare un nuovo spettacolo dal vivo e stiamo cercando volti nuovi."

Nell'ultimo anno, aveva fornito analisi legali per questa azienda su alcuni dei migliori programmi.

Su Twitter sembrava amare la sua analisi.

E in questa compagnia, le donne dovevano essere belle e parlare bene per avere successo.

I capelli biondi, l'arguzia tagliente e il naso vivace di Barbara le davano tutte le caratteristiche di una star della televisione.

"Mi piacerebbe", ha detto con il suo sorriso da primetime, mantenendo il suo comportamento professionale ma amichevole.

L'offensiva del fascino esecutivo era al suo apice e lasciarono il partito per discutere le cose in privato.

L'ufficio non era lontano.

Attraversarono la strada, lei nel suo vestito glamour e lui nel suo elegante smoking.

La conversazione è stata casuale e civettuola, come se fossero al primo appuntamento piuttosto che a un colloquio di lavoro.

Una volta raggiunta la dirigenza, Barbara sentiva di essere entrata in un mondo in cui si svolgevano regolarmente trattative da un milione di dollari, un luogo in cui venivano fatte o distrutte carriere.

Indossando la sua perfetta faccia da poker, era determinata a mascherare i suoi nervi.

L'ufficio principale era insolito.

È stato progettato e arredato per assomigliare a una casa accogliente.

C'erano divani in pelle e armadi in legno.

C'erano libri sugli scaffali e quadri alle pareti.

Le pareti erano di colore scuro ed era facile sentirsi rilassati.

Dopo aver versato qualche bicchiere di scotch, il capo rimase spalla a spalla con Barbara davanti a una grande finestra che si affacciava sulla città.

Lì hanno discusso delle loro ambizioni, speranze e sogni.

Mentre rispondeva onestamente a queste domande, lei fu incoraggiata dal fatto che sembrava riconoscere che era più di un bel viso.

"Mettiamoci al lavoro," disse, avvicinandosi al suo orecchio. "Sei una donna molto intelligente e sono sicuro che hai già scoperto come funziona questa attività."

Lei inarcò un sopracciglio.

"Oh? E come funziona?"

"Beh, sai, belle donne come te non arrivano al posto di presentatore della mia azienda a meno che non collaborino."

"Sono sempre stato un giocatore di squadra", ha risposto Barbara.

Ha mostrato un sorriso affascinante.

"Sai cosa intendo, vero?"

"O si?" lei rise. "Per te e per chi altri?"

Barbara sapeva esattamente a cosa si riferiva il capo, poiché aveva sentito le voci.

Aveva pensato che la maggior parte fosse pura diceria, o almeno così le sembrava così pensava che il capo stesse usando quelle voci per prenderla in giro.

Ha provato a ridere, sperando che fosse un malinteso.

Tuttavia, è rimasto serio sulla questione.

"Tutti in politica e nei media hanno il loro amico. Funziona così. E se ciò accadesse, penso che saresti perfetto. Hai tutte le qualità che cerco in una donna".

Lei deglutì.

"E cosa dovrei fare?"

"Se vuoi giocare con i grandi, devi giocare secondo le nostre regole. Potresti dover fare un pompino ogni tanto."

Dato che era una donna che amava succhiare il cazzo, era una proposta interessante.

Ma non aveva mai mescolato l'utile al dilettevole.

Con la sua ultima sottomissione all'orizzonte, non si era mai sentito così in conflitto.

"Stai scherzando," disse cautamente.

"Questo ti fa sentire a disagio?"

"Sei un uomo davvero affascinante, ma ho sempre fatto affidamento sul potere del merito per il lavoro svolto. Ho lavorato molto duramente per tutta la vita."

"Non puoi essere così ingenuo", ha chiesto. "Sono sicuro che la maggior parte dei tuoi capi ha cercato di fotterti. E probabilmente anche alcuni dei tuoi capi."

"Lo so. Hai ragione. È quello che stai cercando di fare adesso? Prova a fottermi?"

Annuì brevemente.

"Ad essere onesto, mi piace essere prepotente. Ma sono anche estremamente generoso con i miei dipendenti. Posso renderti la star che hai sempre voluto essere, perché hai quel potenziale. Hai mai partecipato ad attività BDSM?"

"Mai," rispose, sentendosi senza fiato.

"Temendo?"

"Non mi è mai stato chiesto prima. Tuttavia, sarei aperto a questo, ma con la persona giusta."

"Da quello che so che sei sempre stata una donna eterosessuale", ha detto. "Va bene. Ma non c'è niente di sbagliato nell'omelette. E adoro presentare e formare le donne nel mio stile divertente."

Il battito del cuore di Barbara aumentò al pensiero di essere "addestrata".

Era un'offerta allettante, soprattutto perché sembrava avere esperienza.

Fece un respiro profondo.

"Mi stai facendo arrossire proprio ora."

Rimasero l'uno di fronte all'altro.

Il capo la guardò profondamente negli occhi, come se stesse pianificando la sua prossima mossa.

Il capo si allontanò da lei e aprì un cassetto della scrivania.

Dentro c'erano tutti i tipi di giocattoli; pagaie, sculacciate, vibratori.

L'atmosfera nella stanza cambiò quando prese un guinzaglio attaccato a un collare di cuoio.

"Sei un bravo pompinaro?" chiese impassibile, tenendo in mano i giocattoli.

Lei deglutì.

"Sì, lo sono. Mi piace farlo."

"Hai un riflesso del vomito mentre lo fai?"

"Normale", ammise.

"Beh, dovrò mettere alla prova le tue abilità orali. Dopo tutto, è una caratteristica molto importante per qualsiasi giornalista, non credi?"

Per i successivi quindici minuti, Barbara rimase in ginocchio mentre lo succhiava dopo che lui le aveva fissato il collare intorno al collo.

Non si era mai sentito così impotente come adesso quando sentiva la cinghia che il suo capo teneva stretta.

Quando il suo grosso cazzo le è entrato in bocca, tutto quello che poteva fare era sistemare la circonferenza mentre lui iniziava a succhiarlo.

Come dimostrazione di maestria, di tanto in tanto tirava saldamente il guinzaglio.

Se l'obiettivo era testare il suo riflesso faringeo, era determinata a superare questo test.

Quando l'atto sessuale era finito, il precedente aspetto affascinante di Barbara era completamente sparito.

Il suo mascara le colava lungo le guance per le lacrime che provenivano dalla nausea.

Il suo rossetto era macchiato e c'erano gocce di latte bianco sul suo mento, che le erano filtrate dalla bocca.

Barbara abbassò la testa per fargli rimuovere la cinghia.

Questo era stato allo stesso tempo esilarante e umiliante.

Sentendosi confusa, non sapeva come reagire dopo un momento come quello.

Questo era sicuramente un territorio nuovo.

Il dito del capo le sollevò il mento e si guardarono negli occhi.

Rimase in ginocchio, il cazzo bagnato del capo ancora penzoloni davanti alla sua faccia.

"Non dirlo a nessuno di questo," disse con un sorriso furbo. "Ma tutto è stato videoregistrato. Mi piace avere tutto il potere. Ho attirato la tua attenzione, vero? Ora parliamo di affari?"

Barbara rimase a bocca aperta, prima di mettere un falso sorriso sul suo viso.

# CAPITOLO 1

Dopo tre settimane di diligenti indagini e sorveglianza, Julieta era in viaggio.

I suoi capelli castani corti e disordinati erano spariti.

Adesso era bionda.

Il suo guardaroba precedentemente semplice era stato sostituito da un vestito sexy, accentuando le forme del suo corpo.

Non molte persone conosciute della sua vita personale l'avrebbero riconosciuta.

Potrebbe essere qualunque cosa un cliente avesse bisogno che fosse.

Nessuno osava mettere in dubbio le sue vere motivazioni mentre si presentava sotto falso nome al banco della sicurezza della hall.

E ogni preoccupazione residua che aveva di essere quasi ondeggiante nei suoi nuovi tacchi era sparita.

Aveva già imparato questi tacchi alti e in realtà aveva notato alcuni occhi vaganti sulle sue gambe.

Ci fu il potente clic dei suoi tacchi sul pavimento di piastrelle mentre si dirigeva verso l'ascensore.

Oh sì, era arrivata.

***

Dopo aver raggiunto il piano appropriato, è andato lungo il corridoio in un luogo che non avrebbe mai pensato di visitare.

Superando stagiste impegnate, dipendenti che si scontrano e donne intelligenti e sexy che si preparano per le loro apparizioni televisive, Julieta è riuscita a mimetizzarsi tra loro.

Dietro l'angolo c'era lo spogliatoio.

Dentro, vide la sorella maggiore separata dal resto, seduta davanti a uno specchio mentre un team di stilisti finiva di lavorare la loro magia.

Come sempre quando la vide dopo un po ', Julieta rimase sbalordita dalla bellezza della sorella maggiore.

Erano passati anni dall'ultima volta che avevano parlato di persona.

Erano sempre stati separati perché il loro dramma familiare manteneva un divario tra loro.

Ma alla fine, la famiglia è una famiglia e si è sentita obbligata a fare qualsiasi cosa per la sorella maggiore.

Bussò allo stipite della porta per attirare la sua attenzione e gli stilisti la guardarono con lieve curiosità.

Dopo un momento, sua sorella maggiore si è adattata al nuovo look di Julieta.

Barbara fece un cenno alle assistenti del trucco e del guardaroba.

"Abbiamo finito. Dacci un po 'di privacy."

I dipendenti sono fuggiti dal loro capo esigente, lasciando sole le sorelle.

"Sorpreso di vedermi?" Chiese Julieta, entrando nello spogliatoio e chiudendo la porta.

"Veramente lo sono. Mi stupisce che tu non sembri più un maschiaccio. Mi assomigli molto adesso, con quel vestito e quel trucco. E quei tacchi. Mio Dio, non ti ho mai visto così."

"È quasi poetico che coincidiamo in uno spogliatoio, non credi?"

"Mi dispiace per tutto", ha risposto Barbara. "Vorrei che le cose potessero essere diverse tra noi. Forse dopo tutto questo, possiamo ..."

Julieta è intervenuta.

"Possiamo risolvere le nostre differenze la prossima volta. Sono qui per fare un lavoro e ho bisogno di mantenere la testa a posto. Non ho mai fatto niente di simile prima. Mai. Ed è solo perché siamo una famiglia."

"Grazie. Sarai ricompensato profumatamente per il tuo lavoro."

"Sulla base di quello che ho letto su di te sui tabloid, mi aspetto un tasso serio. Sembra che tu abbia ricevuto molte offerte impressionanti da altre reti via cavo."

"Se puoi aiutarmi, tutto quello che devi fare è dire la tua tariffa."

Julieta annuì.

"Un amico è riuscito a ottenere i codici di sicurezza e il layout del pavimento. È decisamente fattibile."

"Che amici hai."

"Serve una squadra per fare questo tipo di lavoro", ha risposto Julieta. "C'è qualcos'altro che devo sapere? Ti ha mai minacciato apertamente? Se lo faccio, sospetterà che tu sia coinvolto?"

Barbara scosse la testa.

"Assolutamente no. Non mi ha mai, sai, minacciato o altro. Sono solo suggerimenti e allusioni in questo momento. Sa che sto inviando curriculum e voglio uscire di qui. È allora che fa commenti sprezzanti sulla nostra piccola raccolta di video e. .. beh ... hai capito. "

"Questo è un ricatto".

"Chiamalo come vuoi".

"Succede anche ad altre donne in questa compagnia?" Ha chiesto Julieta.

Barbara quasi rise.

"Una volta mi ha detto che le belle donne come me non vanno in onda senza rinunciare a qualcosa in cambio. E so per certo che molte donne sono i suoi 'fottuti giocattoli', come lo chiama lui. Non appena il ricatto viene fuori, nessuno fa un altro passo. Hanno paura dopo aver scoperto che i loro momenti più intimi sono stati registrati a loro insaputa ".

Con il suo occhio attento, Julieta notò una debole serie di linee sui lati del collo e delle spalle di sua sorella.

Ha pettinato all'indietro gli splendidi capelli biondi di Barbara ed ha esposto i segni.

"Questo è stato consensuale, spero", ha detto Julieta, prima di toccare delicatamente le linee.

Barbara alzò le ciglia.

"È sempre consensuale."

Dopo aver studiato il comportamento umano per tutta la sua vita adulta, Julieta ha letto il linguaggio del corpo e il tono di sua sorella.

Esitava a chiedere, ma voleva davvero saperlo.

"Ti piace fare sesso con lui?"

"Sì," disse Barbara senza esitazione. "Sei sempre stata una sorellina curiosa. Sono sicura che capirai presto. Vorrei che non lo facessi, ma so che lo farai."

"Dovrò guardare alcuni video. Non ho intenzione di cancellare il suo intero disco rigido. Solo le cose che vuoi che elimini.

Giusto, cercherò di non essere imbarazzato da tutto questo.

"Ho segreti per vivere", ha risposto Julieta.

"Grazie. Allora come farai?"

Julieta infilò la mano nella borsa e tirò fuori uno smartphone dall'aspetto normale.

Lo mostrò perché Barbara lo esaminasse.

Dopo aver acceso lo schermo, è apparso un codice crittografato, chiarendo che era lontano da un normale telefono.

"È il genere di cose che usano le spie," disse Julieta, in un sussurro cospiratorio. "Lo collegherò al tuo disco rigido e cancellerò tutto ciò che incrimina. Ad ogni modo, se viene utilizzato per qualcosa di più forte della registrazione di donne che fanno sesso, il tuo computer si bloccherà. Come ho detto, lo faccio solo perché sei tu."

Barbara ha mostrato il suo sorriso premiato.

"Non sapevo di avere una tecnica sexy da nerd su mia sorella. Grazie mille. Sei un salvavita."

"Non ringraziarmi ancora Barb. È un lavoro rischioso. E tieni presente che questa tecnologia mi è costata una fortuna, quindi spero che tu mi paghi bene."

"A luglio, una volta che avrò accettato quel contratto con un'altra compagnia via cavo, potrai permetterti di andare in vacanza per un anno intero. Fidati di me."

Rendendosi conto che doveva fare il suo lavoro, Julieta guardò l'ora.

Sì, era ora di agire.

"Devo andare," disse Julieta. "La finestra di opportunità sta per aprirsi."

Nonostante il lungo periodo di allontanamento, i legami di fratellanza rimasero.

E salutandosi nervosamente, erano determinati a vincere.

# CAPITOLO 2

L'ufficio di Stevens era al piano esecutivo.

Come previsto, c'erano molte altre donne che chiacchieravano nella hall, tutte vestite in modo professionale.

Sebbene sembrassero donne aziendali, in realtà erano state assunte per altri scopi.

Seduta nell'ingresso, Julieta si mescolò a tutte le altre donne.

Si sentiva nervosa ed eccitata nell'ambiente.

Quando venne il momento, due uomini grandi in abiti neri si avvicinarono e spiegarono a tutti che il processo sarebbe stato fatto in modo ordinato.

Le donne si sono messe in fila e uno degli uomini della sicurezza ha mostrato un blocco per appunti per verificare i loro nomi.

Julieta era in fondo alla fila e sapeva che sarebbe stata una bella sfida.

Ma lei era pronta.

Era una donna piena di risorse, aveva sempre delle alternative.

Quando fu il suo turno, rimase con pudore di fronte ai due uomini massicci, che sembravano indifferenti a nessuna delle belle donne.

"Nome?" chiese l'uomo inespressivo, gli occhi sulla lista.

"Karen".

L'uomo guardò la lista e poi lei.

"Il tuo nome non è qui. Hai un altro alias?"

"Hmm ... sapevo che sarebbe successo. La signora Andrea mi ha aggiunto all'ultimo minuto. Non puoi fare un'eccezione? Puoi chiamarla se vuoi."

"Non posso farlo," disse l'uomo in tono serio. "Sei sulla lista o no."

Julieta finse delusa e parlò con una voce femminile:

"Che ne dici di questo ID? Sembra funzionare ovunque."

Con discrezione, le sollevò la parte anteriore della gonna e usò il pollice per agganciarle le mutandine.

Tirando giù, ha rivelato una figa appena rasata.

Questo era il suo piano di riserva, uno che sperava di evitare di usare, solo per rari momenti, ma sapeva che stava funzionando quando l'uomo dalla faccia di pietra improvvisamente si ruppe la pazienza e rimase a bocca aperta.

"Sembra un'ottima identificazione," disse con un cenno del capo. "Avanti, signorina Karen."

"Com'è cavalleresco da parte sua," flirtò quando entrò.

***

L'episodio della sua esposizione alla figa ha messo Julieta a disagio, ma era disposta a infrangere le regole in cerca di giustizia.

Questo è ciò che l'ha resa un'investigatrice privata di successo.

Il gruppo di donne è stato indirizzato a stanze diverse dove diversi uomini stavano aspettando.

Oggi è stata una sorta di "audizione", vantaggi di cui il top management si è sentito in diritto di godere.

Osservando furtivamente la situazione, aspettò che l'ultima donna fosse scivolata in una stanza prima di sgattaiolare via, inosservata.

Con i suoi tacchi alti, era una mossa impressionante.

A causa delle fatiche della sua indagine, sapeva che la segretaria di Stevens non sarebbe stata presente in quel momento per non assistere alla dissolutezza.

Quindi Julieta è andata all'ufficio principale e ha inserito la password segreta.

Con questa password la porta è stata aperta, quindi è entrato con discrezione senza fare rumore.

Questo era il dominio di Stevens, il luogo in cui il capo dell'azienda faceva i suoi affari e faceva sesso.

Ancora più importante, era qui che si trovava il disco rigido.

Fermandosi un attimo, assaporò la sensazione di essere sola nell'ufficio del capo.

Ha prosperato in lavori ad alta pressione come questo e ha trovato il rischio esilarante.

Era sorpreso che l'ufficio avesse l'aspetto di un appartamento di lusso.

È stato molto accogliente.

Il tempo era essenziale e lei andò direttamente al computer.

Dopo aver acceso lo schermo, ha visto che era protetto da password, come aveva già anticipato.

Ha raggiunto la borsa e ha collegato lo smartphone modificato all'ingresso USB del computer.

Successo.

Protezione sdraiata.

Mentre sfogliava i file, Julieta si rese conto che ora aveva accesso a tutte le informazioni private di Stevens.

Capì immediatamente che questo computer era connesso a un'intera rete di telecamere nascoste situate su questo piano.

Ha cliccato su uno di loro ed è stato sorpreso da ciò che stava accadendo in un'altra stanza in fondo al corridoio.

Due donne stavano flirtando con un uomo e sembravano a turno ingoiare un dildo.

In un'altra stanza, tre donne avevano le mutandine abbassate e sembrava che condividessero un vibratore.

Spegnendo le telecamere, riprese a cercare i file del computer.

E ha trovato rapidamente quello che stava cercando.

Figlio di puttana, sussurrò a se stessa.

C'erano cartelle per molte delle migliori presentatrici in rete, insieme ad alcune altre persone che riconosceva.

Quello che avevano tutti in comune era l'aspetto di una ragazza potente: sorrisi luminosi, gambe sorprendenti, capelli glamour e grande sex appeal.

Julieta ha discusso con se stessa cosa fare dopo.

Il suo lato più perverso ha vinto alla fine e ha cliccato per aprire una cartella chiamata "Barbara".

La cartella di sua sorella.

# CAPITOLO 3

Ha guardato la registrazione più recente, che mostrava sua sorella maggiore completamente curata e pronta per il suo spettacolo pomeridiano.

La parte superiore del vestito di Barbara era alta e stretta in vita.

Mentre era sdraiata a faccia in giù sulla scrivania del capo, lui la stava scopando da dietro.

Nella sua mano, teneva una piccola frusta e sferzava saldamente la schiena di Barbara.

Se avesse riprodotto l'audio, Julieta era sicura che avrebbe sentito urla di dolore e piacere.

Sembrava che il capo stesse scopando Barbara nel culo.

"Puttana sporca," mormorò Julieta a se stessa con un sorriso. "È così che hai quei segni sulla schiena."

Incapace di resistere, Julieta ha cliccato su un altro video.

Questa volta, ha visto la sua famosa sorella maggiore in ginocchio, tenuta in una collana al guinzaglio.

Un uomo corpulento, che ha riconosciuto come la guardia di sicurezza di prima, tirava il guinzaglio mentre Barbara deglutiva profondamente, e tra i sussulti, succhiava un altro uomo, che sembrava essere un alto dirigente.

La parte sorprendente, o meno sorprendente, è stata che, alla fine, dopo che entrambi gli uomini le hanno riempito la bocca di sperma, Barbara ha sorriso e sembrava deliziarsi della loro attenzione.

Con un sorriso pieno di sperma, sembrava che in seguito avesse chiacchierato piacevolmente con gli uomini.

I sospetti di Julieta furono confermati.

Sapeva che c'era una ragione per cui sua sorella non voleva che vedesse questi video.

Non era solo che esistessero i sex tape.

In fondo, poteva vedere che Barbara era diventata un vero prodotto BDSM, nonostante il ricatto.

In verità, lo era anche Julieta.

Ecco perché non poteva essere arrabbiata con sua sorella.

Ha avuto molta esperienza con il sesso ruvido durante la sua giovinezza, quando è stata promossa a detective nelle forze di polizia.

Il lavoro aveva i suoi brutti momenti e il sesso era qualcosa che tolse l'ansia e la addolcì.

Per lei, il sesso violento era migliore per alleviare lo stress rispetto alla droga o all'alcol.

Ha chiuso il video di sua sorella che succhia il cazzo e ha pensato di guardarne un altro.

Ma più a lungo restava, più possibilità aveva di essere scoperta.

Intendevo fare un enorme favore alle donne di questa azienda eliminando i file e bloccando l'intero mainframe.

Il capo meritava di non avere niente.

Si fermò quando una cartella chiamata "Power" attirò la sua attenzione.

Che diavolo potrebbe essere?

Per un uomo come Stevens, deve essere stato qualcosa di estremamente salace.

Il lato curioso di Julieta ha avuto la meglio e ha subito dato un'occhiata.

C'era un elenco di cognomi all'interno della cartella, alcuni dei quali ha riconosciuto.

Erano politici di spicco a tutti i livelli di governo.

Questo non poteva essere quello che pensava che fosse, vero?

Ha cliccato su un nome riconoscibile, che sembrava essere il cognome del procuratore distrettuale della città.

È stato riprodotto un video, che sembrava una registrazione segreta fatta in una lussuosa camera d'albergo.

Il suo sospetto è stato confermato, era il procuratore distrettuale, in video, a fare sesso con quella che sembrava essere una escort femminile.

Il pubblico ministero è stato legato mentre eseguivano atti sessuali umilianti su di lui.

"Oh mio Dio," ansimò, rendendosi conto di essere appena incappata in un file di ricatto.

«A cosa diavolo era questo? Sarà mai stato usato? Si stava usando qualcosa adesso? "Si chiese.

Sebbene non avesse parlato con nessuno nelle forze di polizia per molti anni, questa era un'informazione che doveva essere trasmessa ai suoi ex colleghi.

Ma aveva un grosso problema.

Entrare in un ufficio e hackerare un computer è illegale senza un mandato.

Sapeva che il modo migliore sarebbe stato fare una copia di tutto questo materiale e trasmetterlo in forma anonima ai suoi ex colleghi.

Qualcuno saprebbe cosa farne.

Sfortunatamente, non portava alcuna attrezzatura per fare una copia, il che significava che sarebbe dovuta tornare domani e finire il lavoro.

Julieta ha scollegato il dispositivo e l'ha rimesso nella borsa.

Usando un fazzoletto, ha pulito la tastiera.

Prima di lasciare l'ufficio, chiuse gli occhi e prese un profondo respiro.

Aveva fatto molti sacrifici e aveva attraversato molte difficoltà nella vita.

Sarebbe davvero peggio?

Sapeva che se ne sarebbe pentita.

Con i suoi oscuri impulsi, stava liberando un lato di se stessa che avrebbe voluto poter rinchiudere per sempre.

Ma questo sarebbe per un bene superiore.

Julieta aprì la porta e si assicurò che la costa fosse libera prima di lasciare l'ufficio del capo.

Per tornare domani in questo appartamento, avrebbe dovuto superare una delle prove ed essere "iniziata" nel gruppo dei compagni.

Non rivedrò mai più queste persone.

Una volta che avesse abbandonato il travestimento, non l'avrebbero mai riconosciuta.

Allora sarebbe valso il sacrificio.

# CAPITOLO 4

La stanza del sesso orale sembrava la meno invadente, poiché non avrebbe dovuto spogliare nessuna parte del suo corpo.

Come sua sorella maggiore, è stata benedetta dalla capacità di spingere un buon cazzo in gola senza dover vomitare.

Se potesse farlo una volta di fronte a un gruppo di estranei, potrebbe interrompere una cospirazione importante.

Ironia della sorte, non aveva mai scoperto una cospirazione così grande, anche quando era stata un detective ufficiale.

Entrò in una delle stanze dove un uomo ben vestito osservava diverse donne succhiare dildo di varie dimensioni.

Ha studiato attentamente le performance per scoprire chi avesse le migliori capacità naturali, sapendo così cosa avrebbe dovuto fare per migliorarle.

Le donne avevano le lacrime agli occhi mentre il trucco colava sulle loro guance.

"È il tuo turno," disse l'uomo dopo che l'ultima donna ebbe finito. "Sembri una ragazza di otto pollici."

Julieta annuì e accettò la sfida.

"Nessun problema"

L'uomo non ne fu colpito, come se avesse già sentito le stesse parole migliaia di volte.

Era chiaramente abituato a incontrare donne desiderose di accompagnare personaggi dei media di successo e che avevano molti soldi.

Julieta ha preso il dildo con nonchalance nel tentativo di mimetizzarsi con il gruppo di prostitute.

Aprendo la bocca, ha divorato il giocattolo del sesso in un colpo solo.

Chiudendo gli occhi, avvolse le labbra attorno al dildo e succhiò così forte che le guance si arricciarono attorno al giocattolo di silicone.

Ad ogni passaggio, se lo immergeva completamente in gola senza emettere alcun suono.

Aprì gli occhi e si tolse il dildo coperto di saliva dalla gola.

Oh sì, l'uomo era contento.

Stava sorridendo.

"Talentuoso," disse, cercando un altro giocattolo. "Vediamo come te la cavi con uno da dieci pollici."

Julieta ha mantenuto la sua faccia da poker.

Questo, lo sapeva, era un grande rischio.

Sicuramente sarebbe soffocato, ma non poteva mostrare debolezza.

La sua capacità di tornare indietro e finire il lavoro dipendeva da questo pene di gomma che gli scendeva in gola.

Dopo essersi scambiato i dildo, trattenne il respiro mentre se lo metteva in bocca.

Non ha esitato, scegliendo di rimanere il più rilassata possibile per evitare di innescare il suo riflesso faringeo.

Si teneva il dildo alla gola.

Prima che potesse emettere un brutto gorgoglio, si tolse il dildo dalla bocca e fece un respiro profondo, mantenendo un comportamento dignitoso.

"Voglio il lavoro domani," disse Julieta, sforzandosi di sembrare calma, anche se avrebbe avuto bisogno di più tempo per riuscire a respirare bene. "I miei pompini sono migliori di qualsiasi altra donna in questo intero edificio."

Sentiva gli sguardi sporchi delle altre aspiranti escort nella stanza, ma aveva cose più importanti per la testa dei suoi sentimenti.

L'uomo annuì.

"Con una bocca così, sicuramente ti useremo perfettamente. Sarai qui domani mattina alle dieci. Il tuo nome sarà sulla lista."

"Grazie," sorrise.

Quando lasciò la stanza, vide ancora una volta il grosso addetto alla sicurezza.

Questa volta sembrava di buon umore.

"Sono Adams, a proposito", ha detto l'uomo della sicurezza. "Ho visto quello che hai fatto lì. Molto, molto impressionante, signorina. Sei un bel pacchetto perfetto."

Era in piedi accanto a lui.

"Mi chiamo Karen. Aggiungimi alla tua lista. Sarò qui un po 'presto domani e non ho problemi con niente."

Sapeva che il suo atteggiamento impertinente la faceva desiderare ancora di più dall'uomo della sicurezza.

Quel pensiero lo fece sorridere.

# CAPITOLO 5

Quella notte, Julieta era nuda nel suo appartamento, fresca di una doccia calda con grande vapore.

Questo livello di stress era qualcosa che aveva sperimentato prima, ma con il coinvolgimento di sua sorella, la posta in gioco era più alta.

Si avvolse un asciugamano intorno ai capelli dopo aver asciugato il corpo.

Seduta sul letto, ha chiamato sua sorella, che era sicuramente ansiosa di notizie.

"L'hai fatto?" Ha chiesto subito Barbara, dopo aver risposto alla chiamata.

"Ci sono state complicazioni."

"Di!?"

Julieta poteva sentire la paura nella voce di sua sorella.

Era perfettamente comprensibile, dal momento che sua sorella aveva in programma di entrare in trattative contrattuali con un'altra società di cavi in pochi giorni.

"Non posso ancora spiegarlo," disse Julieta con calma. "Per ora dovrai fidarti di me. Devo fare di più e tornerò domani."

Barbara sussultò incredula.

"Perché? Che diavolo stai facendo?"

"Rilassati. Ho tutto sotto controllo."

Guardando il suo riflesso nudo nello specchio, Julieta si mise in posa con la schiena inarcata e le gambe incrociate.

Si tolse l'asciugamano dalla testa, lasciando i capelli parzialmente pettinati all'indietro.

"Sai cosa succederà, vero?" Chiese Barbara con sincera preoccupazione. "Possono essere un gruppo difficile."

"Spero di evitarlo. Ho visto come ti hanno usato."

Dopo un sussulto di Barbara, ci fu un silenzio assoluto al telefono per diversi secondi, e Julieta tenne gli occhi concentrati sulle proprie gambe.

Correre innumerevoli miglia lungo sentieri all'aperto gli aveva dato gambe incredibili.

Barbara sbuffò.

"C'è una ragione per cui non parliamo più."

"Lo so, non avrei dovuto dirlo. Ho avuto una giornata frenetica e domani potrebbe essere peggio."

"Non fare niente di stupido".

"Termineremo questa conversazione domani a cena", disse Julieta. "Lo prometto. Ma in questo momento, sono concentrato su qualcosa di importante."

La loro conversazione finì in buoni rapporti, poi tornò agli affari.

Mentre era ancora nuda, Julieta andò nel suo cassetto e trovò il suo reggicalze e le sue calze preferite.

Non li usava da anni, non ne aveva più avuto bisogno dopo il suo vecchio lavoro nell'unità di Vice, lavorando sotto copertura.

Si mise di fronte allo specchio e se le infilò, facendo scivolare le calze oltre i piedi e allacciandole ai reggicalze intorno alle cosce.

Ha posato per lo specchio.

Secondo la sua ricerca, questo era il feticcio del capo.

Ed era particolarmente evidente su quella rete di notizie, dove la maggior parte dei presentatori durante il giorno erano noti per le loro gambe sexy e gli abiti corti.

Guardare il suo riflesso nudo nella giarrettiera e nelle calze le riportò alla mente molti bei ricordi.

Sapeva come usare questi indumenti intimi come arma.

Ricordando i club che era solita visitare, pensò al sesso ruvido e degradante che aveva usato per alleviare lo stress.

Le sue dita si mossero verso il basso e chiuse gli occhi mentre si toccava.

# CAPITOLO 6

Julieta tornò presto il giorno dopo, verso le nove del mattino, per studiare la situazione.

Questa volta evitò sua sorella e la loro inevitabile discussione, che sarebbe stata solo una distrazione.

Si diresse al piano esecutivo.

Come il giorno prima, i suoi capelli e il trucco erano glamour, ma il suo vestito era un po 'più corto.

Non era davvero sordido o inappropriato, ma era abbastanza per attirare un po 'più di attenzione.

Ci fu un incontro di lavoro che finì mentre Julieta aspettava nell'atrio.

Nascose il suo imbarazzo muovendo le gambe mentre i vecchi dirigenti in giacca e cravatta le lanciavano una rapida occhiata mentre si avvicinavano all'ascensore.

Sorrise semplicemente mentre gli uomini continuavano le loro conversazioni.

Guardando in fondo al corridoio, poteva vedere Stevens tornare nel suo ufficio perché Dio sa per quanto tempo.

Aveva pianificato tutto.

Adesso era il momento del Piano B.

Aspettò che altre donne si presentassero all'appuntamento delle dieci.

Il grande uomo della sicurezza era lì per organizzare le donne prima che fosse il momento della sua esibizione.

Julieta accavallò le gambe e girò un piede, cosa che catturò l'attenzione di Adams.

Portando una piccola borsa con la sua attrezzatura elettronica, si alzò e si diresse con fare seducente verso la guardia di sicurezza.

"C'è il capo?" lei chiese.

"Stevens?"

Julieta annuì.

"Sì, posso parlargli da solo?"

"Avrai presto la tua occasione," disse Adams, ridendo un po '. "Aspettiamo che arrivino le altre ragazze. Inoltre, so del tuo talento speciale. Sì, con una bocca come la tua, sono sicuro che ti darà una possibilità."

"In realtà, ho una specie di proposta d'affari. Sono sicuro che ti piacerà."

Julieta indicò le gambe e sollevò discretamente la parte anteriore del vestitino per rivelare il reggicalze e le calze.

"Delizioso," lo schernì di nuovo. "Sei un pacchetto incredibile. Hai una bocca deliziosa e belle gambe. Mi chiedo quali siano i tuoi altri talenti."

"Queste sono le scoperte per il tuo capo. Se arriviamo a condizioni reciprocamente vantaggiose, chissà, potresti avere la possibilità di mettermi alla prova più tardi. Fino ad allora, sarai un bravo ragazzo e riceverai quell'incontro?"

Annuì lentamente, osservando il suo corpo durante il processo.

"Sì certo, aspetta."

Adams percorse il corridoio ed entrò nell'ufficio di Stevens.

La conversazione fu breve e lui tornò rapidamente.

C'era una fame sul suo viso, che sembrava quasi sinistra.

"Sei fortunato, Karen," disse. "Il capo si ricorda di aver sentito delle tue imprese orali ieri ed è entusiasta di discutere le proposte. Inoltre, gli ho detto quello che hai di sotto. Quindi, vai avanti. Il suo ufficio è lì."

Fece l'occhiolino.

"Grazie."

Julieta si diresse lungo il corridoio verso la porta aperta.

# CAPITOLO 7

Sarebbe stata la prima volta in assoluto che avesse incontrato Stevens e la cosa la rese più nervosa che incontrare criminali violenti o imbroglioni di strada.

Stevens era un uomo di profondo potere e influenza sul sistema politico americano.

Un dio nel mondo dei media.

Peggio ancora, se avesse commesso un errore, la sua pelle era in pericolo e, in questo caso, non c'era il sostegno della polizia per aiutarla.

Entrò nell'ufficio e vide Stevens, una figura grande e imponente, in piedi dietro la sua scrivania dopo aver messo via alcuni documenti.

"Posso chiudere la porta?" lei chiese.

L'ha provocata.

"Per favore. Alcune proposte commerciali restano private."

Julieta chiuse la porta dopo aver guardato in fondo al corridoio e aver visto Adams che le faceva l'occhiolino.

Ora da sola con la sua preda, lavorava con il suo fascino.

"Sei impegnato, quindi te lo spiegherò brevemente," disse con voce sexy. "So cosa vogliono gli uomini come te. Perché non provare il contrario? Ogni tanto un piccolo cambio di passo."

Stevens si fece avanti per riunirli.

"Continua. Cosa comporterà esattamente la tua offerta?"

"Donna dominante. Gli uomini potenti amano avere donne, ma il contrario può essere una nuova esperienza sessuale. Ti è mai piaciuto il piacere di sottometterti a una donna potente? Essere legato e nelle mani di una donna dominante. Sono sicuro che molti dei tuoi amici e colleghi adoreranno essere domati da me. Lascia che ti dia un assaggio di quello che posso fare ".

"Quindi mi vuoi legare?"

"E benda te," aggiunse con un sorriso allegro e uno scintillio emozionante negli occhi.

"Sei la donna dalla gola profonda, giusto?" Ha chiesto Stevens.

"Lo sono, e ne sono orgoglioso."

"Perché dovrei voler giocare a bondage quando posso provare il tuo miglior attributo?"

Julieta si strinse leggermente nelle spalle.

"Sono sicuro che hai una gola profonda tutti i giorni. Perché non provare le mie altre abilità?"

"Un forte negoziatore," annuì. "Le donne dirigenti potrebbero davvero imparare da te. Sei intelligente, feroce e sexy da morire. Il mio tipo di donna."

Fece l'occhiolino.

"Grazie."

"Fai questa professione da molto tempo?"

"Un paio d'anni. È una specie di lavoro secondario."

"Qual è il tuo lavoro a tempo pieno?" Chiedo.

"Diciamo che sono un fanatico della tecnologia e sono mortale su un computer. Ma non mi piace parlare della mia vita personale."

Stevens mostrò un sorriso vizioso.

Molti uomini affermano di amare le donne intelligenti, ma per lui era vero.

Julieta sapeva che questo era un gioco pericoloso e la posta in gioco stava aumentando.

"Suona bene per me," disse con sicurezza. "Ho bisogno di te. Ti lascerò fare quello che vuoi con me; legami, bendami, fottimi. Qualunque cosa."

Julieta soppresse il proprio sorriso e mantenne la sua suprema compostezza.

Era un'esperta di nodi e Stevens sarebbe presto stata impotente mentre copiava il suo disco prima di distruggerlo completamente.

"Cominciamo", ha detto. "Userò il ..."

"Non così in fretta. Raccogli il vestito. Fammi vedere il reggicalze. Ho sentito cose molto carine su come ti sta."

Senza esitazione, Julieta sollevò la parte anteriore del vestito per rivelare le sue impeccabili calze che coprivano le cosce e le mutandine di pizzo.

Nonostante la situazione complicata in cui si trovava, le faceva sentire bene essere desiderata in questo modo.

"Ti piace ciò che vedi?" Chiese scuotendo i fianchi.

Stevens strinse la mascella.

"Sì, ti assumerò. Ma prima dovrai seguire le mie regole."

"E come funzionerebbe?"

Julieta sapeva esattamente cosa stava suggerendo quest'uomo.

La paura le scivolò lungo la schiena, ma si rifiutò di sussultare.

"Sii la mia bambola che succhia per un po '," sorrise. "Muoio dalla voglia di assaggiare le tue labbra e la tua gola. Sei perfetto per il mio cazzo con quei begli occhi azzurri che mi guardano. Mi divertirò a guardarti e strofinarti i capelli mentre mangi il mio cazzo."

A causa della situazione in cui si trovava Julieta, la sua figa si strinse e iniziò ad agitarsi.

Era passato un po 'di tempo dall'ultima volta che un uomo l'aveva maltrattata in quel modo.

Poteva davvero farlo con l'uomo che stava ricattando sua sorella?

Un uomo che aveva orchestrato l'odioso dossier dei video registrati di nascosto?

Nessuno dovrebbe saperlo.

Come al solito, ha vinto il lato più pericoloso di Julieta.

Lo ha sempre fatto.

La sua tendenza a vivere in modo spericolato era la ragione principale per cui non andava mai d'accordo con la maggior parte della sua famiglia.

Lei annuì.

"Niente giochi. Niente sciocchezze. Se ti lascio fottere la bocca, allora ti legherò e ti darò un assaggio della vera dominazione femminile. Se ti piacciono i miei servizi, allora puoi assumermi per te e i tuoi amici. Abbiamo un accordo?"

"Sei il negoziatore più duro che abbia mai incontrato", ha detto prima di ridere. "Certo, vedremo cosa ti verrà in mente."

Quando il capo ha aperto un cassetto vicino, Julieta ha visto una varietà di giocattoli sessuali dall'aspetto familiare.

Era una collezione impressionante di dispositivi usati per il controllo e la sottomissione sessuale.

Stevens ha preso una collana con la parola "FOX" incisa sulla pelle e attaccata a un cinturino.

Naturalmente, si chiedeva se quella fosse la stessa collana usata su sua sorella.

Il pensiero era difficile da digerire.

"Hai mai usato uno di questi?" chiese, sollevandolo come una corona.

"Ho uno di quelli."

"Allora? Ti è piaciuto?"

"Sono passati anni", ha ammesso. "Ma sì, le piaceva avere il collare come un gattino."

"Brava gattina. Lo adorerò. Adesso inginocchiati."

Julieta mise la borsetta sul tavolo e cadde in ginocchio, sperando che un pompino fosse tutto ciò che le sarebbe stato richiesto.

Ma avendo affrontato tanti uomini in quel modo, sembrava improbabile.

Almeno nessuno l'avrebbe mai scoperto, ricordò a se stesso.

Sollevando il mento, permise a Stevens di stringere la collana intorno al collo.

La pressione incessante intorno alla sua gola scatenò centri di piacere che non aveva notato da molto tempo.

Come se fosse un segnale, la sua figa si strinse.

Alzando lo sguardo dalle sue ginocchia, e prima che il suo cazzo fosse spinto nella sua bocca, Julieta notò un'esitazione negli occhi di Stevens.

"Sai, c'è qualcosa in te che mi è familiare. Non riesco a identificarlo."

Lo fissò coraggiosamente e pregò che non scoprisse la sua identità.

Per molti versi, Julieta e Barbara erano simili, condividendo molte delle stesse caratteristiche del viso.

In breve, si chiese se avrebbe dovuto tingere i capelli di una tonalità più scura di biondo.

"Guardo la tua rete di notizie", ha risposto. "Ti circondi di belle donne tutto il giorno. Sono sicuro che alla fine tutto si confonde."

Sorrise, poi rise.

"Hai ragione. Ora spalanca la bocca, mia sporca cagna."

Con un movimento molto fluido, Stevens ha rilasciato il suo cazzo, che era già duro come una roccia.

Julieta sussultò quando si rese conto che questa sarebbe stata la prima volta che aveva succhiato un uomo mentre lavorava.

Credendo che non avrebbe potuto godere di questa fellatio, si è preparata mentalmente a ricevere il suo cazzo in bocca.

Senza aspettare un grazioso ingresso, era pronta per quello che sarebbe successo.

Nel momento in cui Julieta ha aperto la bocca, Stevens ha tirato la cinghia e l'ha spinta sui fianchi.

In una frazione di secondo, la bocca di Julieta si riempì della carne dura dell'uomo e l'ingresso alla sua trachea era quasi ostruito.

Aveva il sapore e la sensazione di qualsiasi altro cazzo, ma non lo era.

Durante gli anni del college, Julieta e Barbara litigavano spesso per i ragazzi, ma non erano mai sessualmente con lo stesso ragazzo.

E ora, stava ingoiando un cazzo che sua sorella aveva regolarmente succhiato e scopato.

E la più grande ironia era che lo stava facendo per conto di sua sorella.

Spingendolo dentro e fuori dalla gola, Stevens ha sbattuto il suo cazzo con grande forza.

Se non fosse stata così inchiodata, avrebbe potuto lottare per rimanere in piedi.

Ma presto si stabilì su un ritmo prevedibile che gli consentiva di respirare e rimanere in piedi.

Julieta si chiedeva naturalmente chi Stevens avrebbe valutato il miglior succhiacazzi.

Lo aveva visto scopare la bocca di sua sorella nel video e aveva notato che era molto controllato, anche durante l'orgasmo.

Chiedendosi se sarebbe stato possibile rompere la sua postura impassibile, Julieta iniziò a partecipare attivamente facendo roteare la lingua attorno alla punta del suo pene mentre si muoveva dentro e fuori dalla sua bocca.

Non ci sarebbe stato nulla di male nel cercare di ottenere un aumento del piacere da lui e Julieta era abbastanza sicura di avere la capacità di farlo.

Momentaneamente era in conflitto.

Si sentì in colpa al pensiero di cercare di accontentare di più Stevens, che sicuramente non meritava un secondo del suo tempo.

Tuttavia, Julieta tendeva ad essere competitiva e decise di accettare la sfida che si era posta.

Nella sua posizione di succhiacazzi sottomessa, ha completamente rilassato la mascella ed è andata a lavorare.

Appoggiando la testa all'indietro, un trucco che ha imparato da una prostituta, è stata in grado di accoglierlo pienamente.

I suoi movimenti erano molto limitati, letteralmente, tenendola al guinzaglio corto.

Ma non importava.

Ogni volta che le infilava il cazzo in bocca, lei succhiava con la giusta pressione.

Alzando lo sguardo, notò che Stevens era rimasto concentrato.

Quando ha tirato fuori, la sua lingua ha danzato intorno alla punta del suo cazzo, cercando di catturare qualsiasi precum che era stato prodotto.

L'uomo è rimasto stoico.

Fece un ronzio in gola, che alla fine fece sorridere Stevens.

Il lavoro della sua bocca continuò.

Guardò la testa di Stevens sobbalzare all'indietro mentre gemeva con volume crescente.

Julieta non l'aveva nemmeno visto fare questo a sua sorella.

Se questa era una competizione, stava vincendo.

Era più facile di quanto si aspettasse e, di questo passo, avrebbe legato il capo in pochi minuti.

Il suo crescente ottimismo è stato rovinato da un colpo alla porta.

Ha provato a tirarsi indietro, ma il capo ha tirato la cinghia, tenendo la bocca piena del suo cazzo.

"Appena in tempo," sorrise Stevens. "Ho detto ad Adams di tornare. Mi aiuta con molti affari e aiuta a selezionare potenziali partner commerciali".

La porta si aprì e Julieta riuscì a girare la testa abbastanza da vedere il grosso uomo della sicurezza entrare nella stanza.

Adams sorrise ampiamente, dopotutto, il suo sogno stava per diventare realtà.

# CAPITOLO 8

Stevens toccò delicatamente la guancia di Julieta.

"Guardami. Puoi fermarti quando vuoi. Basta toccare. Urla. Di 'qualcosa. Poi uscirai. Annuisci se capisci."

Julieta è riuscita ad annuire, anche con il suo cazzo conficcato nella sua bocca.

"Bene", ha risposto. "Adams, togliti i vestiti."

"Con piacere, capo," disse l'uomo della sicurezza in tono agghiacciante.

La porta si chiuse e quando Adams si fermò dietro di lei, Julieta sentì la parte anteriore del suo vestito cadere fino alla vita.

Grandi mani le accarezzarono la schiena prima di aprire la cerniera del reggiseno e liberare le sue tette giocose.

Il corpo di Julieta ha risposto, come sempre, al duro trattamento.

Anche se aveva scelto di allontanarsi da questo stile di vita, sembrava un ritorno a casa.

I suoi capezzoli rosa si indurirono anche prima che le grosse dita di Adams li afferrassero.

Questo la fece arrossire.

Mentre il cazzo era ancora conficcato nella sua gola, l'omone sollevò Julieta dal pavimento in modo che potesse tirare fuori il vestito da sotto di lei.

Le sue giarrettiere e mutandine furono strappate e gettate via.

Poi le tolse i tacchi e le strappò le calze.

Era nuda.

Cazzo nudo.

Dalla testa ai piedi, tranne che per la collana al collo.

La cosa più intelligente da fare era approfittarne.

Avrebbe dovuto ammettere la sconfitta e andarsene con ciò che restava della sua dignità.

Ma Julieta era testarda, il che era un tratto familiare.

E in un modo strano, questo era il suo modo di aiutare a trovare giustizia per tutti con i file di ricatto di Stevens.

Era anche il suo modo di correggere gli errori che aveva commesso nella sua vita: come ex detective della polizia e come sorella minore.

Una forma di espiazione.

È vero che la paura e l'ansia che provava per essere nuda, in balia di due grandi sconosciuti, la eccitavano.

Con un cazzo già in bocca, si chiedeva cosa sarebbe successo mentre la sua figa gocciolava del liquido sul pavimento.

Stevens ha ripreso l'assalto alla gola.

La sua bocca era troppo tesa e la mascella gli faceva male per i movimenti aggressivi.

Tuttavia, ha tenuto i denti lontani dal suo cazzo, grazie ad anni di esperienza.

Dopo qualche altro colpo, Stevens spinse il suo cazzo per diversi secondi.

Sebbene incapace di respirare, Julieta rimase calma.

Fortunatamente, Stevens ha tirato fuori il suo cazzo e Julieta è rimasta senza fiato.

"Adesso sei una donna che lavora, vero?" Chiese Stevens, come se questo si fosse trasformato in un interrogatorio. "Nessuno ti ha messo in questo? Sei qui da sola, come donna d'affari, giusto?"

Julieta fece un respiro profondo e gorgogliò, la saliva le colava lungo il mento.

"Succhio il cazzo come un fottuto poliziotto o qualcosa del genere?"

"Non ho mai detto che eri un poliziotto. Sto solo chiedendo."

Sputò fuori per non soffocare.

"Sono una fottuta donna d'affari."

"Va bene allora. Adams, mettiti al lavoro sulla sua figa. Mi prenderò cura della sua bocca. Vedremo se si rompe."

La tirarono per il guinzaglio e costrinsero Julieta a strisciare verso il divano come un cane.

Stevens si sistemò, un ginocchio sul divano e una gamba sul pavimento.

Accarezzò il cuscino e Julieta si arrampicò sul divano.

Era a quattro zampe, tra le sue gambe e davanti a lui.

Mantenendo il contatto visivo con il capo, sentì Adams spogliarsi e stare dietro di lei.

Quasi immediatamente, le grandi mani dell'uomo della sicurezza allargarono le sue natiche e Julieta capì che stava dando una buona occhiata alla sua figa bagnata e all'ano.

Mentre aspettava con ansia, mantenne un'espressione calma in modo che Stevens continuasse a pensare che fosse una vera prostituta.

Ma quando le dita di Adams iniziarono a sondare la sua figa, rimase senza fiato.

"Finisci di succhiarmi il cazzo," ordinò Stevens. "Lo stai facendo molto bene".

Mentre si rilassava al ritmo del cazzo di Stevens che si muoveva dentro e fuori dalla sua bocca, si chiedeva quale fosse la dimensione di un pacco di Adams.

L'elemento dell'ignoto era sempre stato attraente per lei.

Adams divenne più insistente e ficcanaso, inserendo due grosse dita nella sua figa.

"Cazzo, è forte per una prostituta," mormorò, quasi tra sé.

Il capo sorrise.

"Allora fanculo già."

Julieta sentì Adams ritirare le dita e sostituirle con la punta del suo cazzo.

Ha cercato di farsi un'idea delle dimensioni ed è rimasta debitamente colpita.

Era decisamente molto più grande di Stevens e si concentrava completamente sulla sua figa, anche se Stevens continuava a perforarle la bocca.

L'ingresso di Adams nella sua tana bisognosa fu più premuroso di quanto si aspettasse.

Spingendo contro il suo bacino, l'uomo della sicurezza avanzò con la testa del suo cazzo e continuò a spingere, centimetro dopo centimetro, il suo cazzo lungo e spesso.

Proprio quando Julieta pensava che non ce la facesse più, Adams si sporse in avanti e la spinse fino in fondo.

Si bloccò momentaneamente mentre si adattava alla sua enorme erezione e poi riprendeva le sue manipolazioni orali su Stevens.

Quando Adams iniziò a muoversi dentro e fuori dalla sua figa altamente stimolata, sentì un senso di appartenenza.

"Posso sentirlo allungarsi", ringhiò Adams.

"Dovresti provarle la gola la prossima volta. Sono sicuro che il Consiglio la amerà. La metterò sotto il tavolo per ogni riunione. È lì che appartiene. In ginocchio."

In passato, Julieta aveva goduto di molti atti sessuali depravati.

Ma essere intrappolato tra due uomini, potenti in così tanti modi diversi, è stato il più eccitante.

Non c'erano dubbi, era dominata e amava ogni secondo distolto dalla situazione mentre lacrime di tensione le scorrevano sul viso.

Sebbene fosse libero di andarsene in qualsiasi momento, trovava irresistibile questa unione non convenzionale.

Entrambi gli uomini lo usavano per il proprio piacere e, di conseguenza, Julieta sentì il suo corpo teso, preparandosi a liberarsi.

I movimenti del cazzo di Stevens divennero più frenetici e lei sapeva che anche lui era vicino.

Nel frattempo, Adams si stava divertendo molto con la sua figa.

Colpire sempre più forte.

I suoi colpi divennero più intensi e urgenti mentre le sue dita affondavano in profondità nei suoi fianchi.

Il dolce attrito del suo cazzo che navigava dentro e fuori dal suo tunnel la stava rapidamente portando a un climax vertiginoso e umido.

All'improvviso si ruppe e sentì la sua figa contrarsi contro il grosso palo mentre lui la impalava.

Gli spasmi le scuotevano il corpo mentre cercava di gemere, ma fu attutita dal cazzo conficcato nella sua bocca.

"Fanculo sì puttana. Vieni sul mio cazzo," ringhiò Adams.

Julieta si vergognava ed era piena di gioia allo stesso tempo.

Indossava comodamente quel mantello emotivo.

Era passato molto tempo dall'ultima volta che aveva sperimentato un orgasmo così potente e sapeva che sarebbe stato difficile allontanarsi ancora una volta da questo incredibile piacere.

Alla fine, ha fatto un gran casino bagnato sul divano di pelle e sul pavimento dal getto duro che ha espulso.

Era sicura che a nessuno sarebbe importato, tranne a chiunque fosse incaricato di pulire l'ufficio.

Stevens balbettò:

"Vado a sparargli in bocca. Adams, sei pronto?"

"Sono stato pronto per questo dal momento in cui l'ho incontrata."

Entrambi gli uomini hanno tirato fuori i loro cazzi dal corpo usato di Julieta e l'hanno girata per affrontarli stando in piedi di fronte a lei.

Julieta gettò indietro la testa, aprendo la bocca, mentre entrambi gli uomini si accarezzavano l'un l'altro finché eiaculavano.

I getti salati di entrambi gli uomini iniziarono a coprirle la lingua, la bocca e la gola.

Lo squirt sembrava infinito.

In qualche modo, è riuscito a ingoiare i carichi mentre l'alluvione continuava.

Era stupita di non aver vomitato.

Quando gli orgasmi degli uomini finirono, Julieta crollò a terra in uno stato di stordimento pieno di sperma.

Ansimò attraverso la bocca ricoperta di sperma e si sforzò di ricordare esattamente perché fosse lì.

I due uomini erano in piedi sopra di lei, i loro cazzi bagnati e flosci penzoloni.

In quel momento, riusciva a malapena a capire le sue parole, o chi stava dicendo cosa.

"Che meravigliosa merda. È una vera succhiacazzi."

"La migliore figa che ho avuto da tanto tempo. E ha un gran bel culo. Sembra che potrei avere una posizione di presentatore qui."

La mente di Julieta fluttuava nella sua nebbia postorgasmica, pensando a sua sorella e al vero scopo della sua visita.

Guardò gli uomini che fissavano i loro corpi nudi e i capezzoli rosei, insieme al sudore sul petto e sulla fronte.

Stevens si chinò per rimuovere la cinghia e poi fu di nuovo in grado di respirare comodamente.

# CAPITOLO 9

Con sua sorpresa, Stevens mantenne la sua parola.

Erano entrambi completamente nudi in ufficio e lei lo aveva completamente immobilizzato.

Esperta di nodi, sapeva come sottomettere un ragazzo grande.

Dopo averlo bendato, si ficcò in bocca le mutandine strappate.

Nuda, prese la borsa e corse alla scrivania.

Ha tirato fuori uno dei suoi telefoni e lo ha collegato al server.

Quando ha avuto accesso al disco, ha notato che tutte le telecamere segrete erano attive e registravano.

È entrato nella telecamera nello stesso ufficio e ha riavvolto il filmato che aveva registrato.

Julieta si è vista in un video succhiare e succhiare, mentre era controllata da una cinghia.

Ha accelerato un po 'di più il video e si è vista farsi scopare da dietro mentre succhiava il cazzo di Stevens.

Era un po 'imbarazzante vedere se stessa essere schiacciata e scopata da quei due uomini grandi e dominanti.

"Stronzo," mormorò.

Si rese conto che il tempo era essenziale quando sentì Stevens urlare attraverso il bavaglio.

Anche con gli occhi bendati, si rese conto che il capo sapeva cosa stava succedendo e cosa stava succedendo all'unità.

Dopo aver fatto una copia digitale di tutto, ha collegato l'altro telefono e rimase lì per un minuto mentre l'intero disco rigido veniva completamente distrutto.

Il suo lavoro era finito.

Tutto quello che doveva fare era scappare, ma non poteva fare a meno di dare un'ultima occhiata a questo ricattatore.

Si rivolse a Stevens.

A questo punto, era abituata a essere nuda in ufficio e si è chinata per accarezzarle la spalla.

"Grazie per la bella scopata," le disse all'orecchio. "Non preoccuparti, lascerò la porta leggermente aperta in modo che qualcuno possa trovarti. Per allora me ne sarò andato e non mi vedrai più. E per la cronaca, ne è valsa la pena."

Dopo averlo baciato sulla fronte e averlo visto combattere con tutte le sue forze, Julieta indossò il vestito.

Si mise i tacchi e corse fuori dall'ufficio.

Sebbene vacillante, è scappata senza problemi.

# EPILOGO

Quando era già lontano dall'edificio e camminava per la trafficata strada della città, si rese conto che il suo respiro puzzava di sperma.

Due carichi giganti lo farebbero a qualsiasi ragazza.

Ma stringendo forte la borsa, si rese conto di aver svolto un ottimo servizio pubblico.

Sebbene fosse un pensiero soddisfacente, non poteva negare che il caldo bagliore di questo incontro sessuale fosse stato molto sorprendente.

Forse era ora di rispolverare la sua attrezzatura e tornare nei rudi club del sesso per sfogarsi.

# FINE

www.ingramcontent.com/pod-product-compliance
Lightning Source LLC
LaVergne TN
LVHW041042150826
845672LV00001B/429

* 9 7 9 8 2 3 0 9 7 2 0 8 2 *